U0467765

—————— 阅读之前 没有真相

午夜文库

阿加莎·克里斯蒂
赫尔克里·波洛系列

阿加莎·克里斯蒂
Agatha Christie (1890—1976)

  无可争议的侦探小说女王，侦探文学史上最伟大的作家之一。

  阿加莎·克里斯蒂原名为阿加莎·玛丽·克拉丽莎·米勒，一八九〇年九月十五日生于英国德文郡托基的阿什菲尔德宅邸。她几乎没有接受过正规的教育，但酷爱阅读，尤其痴迷于歇洛克·福尔摩斯的故事。

  第一次世界大战期间，阿加莎·克里斯蒂成了一名志愿者。战争结束后，她创作了自己的第一部侦探小说《斯泰尔斯庄园奇案》。几经周折，作品于一九二〇年正式出版，由此开启了克里斯蒂辉煌的创作生涯。一九二六年，《罗杰疑案》由哈珀柯林斯出版公司出版。这部作品一举奠定了阿加莎·克里斯蒂在侦探文学领域不可撼动的地位。之后，她又陆续出版了《东方快车谋杀案》《ABC谋杀案》《尼罗河上的惨案》《无人生还》《阳光下的罪恶》等脍炙人口的作品。时至今日，这些作品依然是世界侦探文学宝库里最宝贵的财富。根据她的小说改编而成的舞台剧《捕鼠器》，已经成为世界上公演场次最多的剧目；而在影视改编方面，《东方快车谋杀案》为英格丽·褒曼斩获奥斯卡大奖,《尼罗河上的惨案》更是成为几代人心目中的经典。

阿加莎·克里斯蒂的创作生涯持续了五十余年,总共创作了八十余部侦探小说。她的作品畅销全世界一百多个国家和地区,累计销量已经突破二十亿册。她创造的小胡子侦探波洛和老处女侦探马普尔小姐为读者津津乐道。阿加莎·克里斯蒂是柯南·道尔之后最伟大的侦探小说作家,是侦探文学黄金时代的开创者和集大成者。一九七一年,英国女王授予克里斯蒂爵士称号,以表彰其不朽的贡献。

一九七六年一月十二日,阿加莎·克里斯蒂逝世于英国牛津郡沃灵福德家中,被安葬于牛津郡的圣玛丽教堂墓园,享年八十五岁。

阿加莎·克里斯蒂 侦探作品年表

波洛系列

1920　The Mysterious Affair at Styles《斯泰尔斯庄园奇案》
1923　Murder on the Links《高尔夫球场命案》
1924　Poirot Investigates《首相绑架案》
1926　The Murder of Roger Ackroyd《罗杰疑案》
1927　The Big Four《四魔头》
1928　The Mystery of the Blue Train《蓝色列车之谜》
1932　Peril at End House《悬崖山庄奇案》
1933　Lord Edgware Dies《人性记录》
1934　Murder on the Orient Express《东方快车谋杀案》
1935　Three-Act Tragedy《三幕悲剧》
1935　Death in the Clouds《云中命案》
1936　The ABC Murders《ABC谋杀案》
1936　Murder in Mesopotamia《古墓之谜》
1936　Cards on the Table《底牌》
1937　Dumb Witness《沉默的证人》
1937　Death on the Nile《尼罗河上的惨案》
1937　Murder in the Mews《幽巷谋杀案》
1938　Appointment with Death《死亡约会》
1938　Hercule Poirot's Christmas《波洛圣诞探案记》
1940　Sad Cypress《H庄园的午餐》
1940　One, Two, Buckle My Shoe《牙医谋杀案》
1941　Evil Under the Sun《阳光下的罪恶》
1943　Five Little Pigs《五只小猪》
1946　The Hollow《空幻之屋》
1947　The Labours of Hercules《赫尔克里·波洛的丰功伟绩》
1948　Taken at the Flood《顺水推舟》
1952　Mrs. McGinty's Dead《清洁女工之死》
1953　After the Funeral《葬礼之后》
1955　Hickory Dickory Dock《山核桃大街谋杀案》
1956　Dead Man's Folly《弄假成真》
1959　Cat Among the Pigeons《鸽群中的猫》
1960　The Adventure of the Christmas Pudding《雪地上的女尸》

阿加莎·克里斯蒂 侦探作品年表

1963　The Clocks《怪钟疑案》
1966　Third Girl《第三个女郎》
1969　Hallowe'en Party《万圣节前夜的谋杀》
1972　Elephants Can Remember《大象的证问》
1974　Poirot's Early Stories《蒙面女人》
1975　Curtain—Poirot's Last Case《帷幕》

马普尔小姐系列

1930　The Murder at the Vicarage《寓所谜案》
1932　The Thirteen Problems《死亡草》
1942　The Body in the Library《藏书室女尸之谜》
1943　The Moving Finger《魔手》
1950　A Murder Is Announced《谋杀启事》
1952　They Do It with Mirrors《借镜杀人》
1953　A Pocket Full of Rye《黑麦奇案》
1957　4.50 from Paddington《命案目睹记》
1962　The Mirror Crack'd from Side to side《破镜谋杀案》
1964　A Caribbean Mystery《加勒比海之谜》
1965　At Bertram's Hotel《伯特伦旅馆》
1971　Nemesis《复仇女神》
1976　Sleeping Murder《沉睡谋杀案》
1979　Miss Marple's Final Cases《马普尔小姐最后的案件》

其他系列及非系列

1922　The Secret Adversary《暗藏杀机》
1924　The Man in the Brown Suit《褐衣男子》
1925　The Secret of Chimneys《烟囱别墅之谜》
1929　Partners in Crime《犯罪团伙》
1929　The Seven Dials Mystery《七面钟之谜》
1930　The Mysterious Mr. Quin《神秘的奎因先生》
1931　The Sittaford Mystery《斯塔福特疑案》
1933　The Witness for the Prosecution and Other Stories《控方证人》
1934　Why Didn't They Ask Evans?《悬崖上的谋杀》

阿加莎·克里斯蒂 侦探作品年表

1934　The Listerdale Mystery《金色的机遇》
1934　Parker Pyne Investigates《惊险的浪漫》
1939　Murder Is Easy《逆我者亡》
1939　And Then There Were None《无人生还》
1941　N or M?《桑苏西来客》
1944　Towards Zero《零点》
1945　Sparkling Cyanide《闪光的氰化物》
1945　Death Comes as the End《死亡终局》
1949　Crooked House《怪屋》
1950　Three Blind Mice and Other Stories《三只瞎老鼠》
1951　They Came to Baghdad《他们来到巴格达》
1954　Destination Unknown《地狱之旅》
1958　Ordeal by Innocence《奉命谋杀》
1961　The Pale Horse《灰马酒店》
1967　Endless Night《长夜》
1968　By the Pricking of My Thumbs《煦阳岭的疑云》
1970　Passenger to Frankfurt《天涯过客》
1973　Postern of Fate《命运之门》
1991　Problem at Pollensa Bay《神秘的第三者》
1997　While the Light Lasts《灯火阑珊》

出版前言

纵观世界侦探文学一百七十余年的历史，如果说有谁已经超脱了这一类型文学的类型化束缚，恐怕我们只能想起两个名字——一个是虚构的人物歇洛克·福尔摩斯，而另一个便是真实的作家阿加莎·克里斯蒂。

阿加莎·克里斯蒂以她个人独特的魅力创造着侦探文学史上无数的传奇：她的创作生涯长达五十余年，一生撰写了八十余部侦探小说；她开创了侦探小说史上最著名的"黄金时代"；她让阅读从贵族走入家庭，渗透到每个人的生活中；她的作品被翻译成一百多种文字，畅销全球一百五十余个国家，作品销量与《圣经》《莎士比亚戏剧集》同列世界畅销书前三名；她的《罗杰疑案》《无人生还》《东方快车谋杀案》《尼罗河上的惨案》都是侦探小说史上的经典，她是侦探小说女王，因在侦探小说领域的独特贡献而被册封为爵士；她是侦探小说的符号和象征。她本身就是传奇。沏一杯红茶，配一张躺椅，在暖暖的阳光下读阿加莎的小说是一种生活方式，是惬意的享受，也是一种态度。

午夜文库成立之初就试图引进阿加莎的作品，但几次都与版权擦肩而过。随着午夜文库的专业化和影响力日益增强，阿加莎·克里斯蒂的版权继承人和哈珀柯林斯出版公司主动要求将版权独家授予新星出版社，并将阿加莎系列侦探小说并入午夜文库。这是对我们长期以来执着于侦探小说出版的褒奖，是对我们的信任与鼓励，更是一种压力和责任。

新版阿加莎·克里斯蒂作品由专业的侦探小说翻译家以最权威的英文版本为底本，全新翻译，并加入双语作品年表和阿加莎·克里斯蒂家族独家授权的照片、手稿等资料，力求全景展现"侦探女王"的风采与魅力。使读者不仅欣赏到作家的巧妙构思、离奇桥段和睿智语言，而且能体味到浓郁的英伦风情。

阿加莎作品的出版是一项系统工程，规模庞大，我们将努力使之臻于完美。或存在疏漏之处，欢迎方家指正。

新星出版社
午夜文库编辑部

Agatha Christie

Over the next few years, we plan to celebrate two very important Agatha Christie anniversaries. In 2015, it is the 125th anniversary of her birth in Torquay, South Devon, England, and in 2020 it will be 100 years after her first book, THE MYSTERIOUS AFFAIR AT STYLES, featuring her famous detective, Hercule Poirot, was published. This is therefore a very appropriate moment to publish a new edition of her works, and I am delighted that HarperCollins has chosen to work with New Star on these new editions. New Star is China's top crime publisher, and has a strong and dedicated editorial staff and a continued passion for Agatha Christie, making them the ideal partner. It is the right time to make these classic books available in modern translations and so to bring Agatha Christie's books anew to her many fans in China, giving them a new reason to re-read these much-loved stories, as well as introducing them to a whole new audience. How delighted Agatha Christie would have been that her stories (as she called them) are still giving so much pleasure to so many people all over the world!

I think there are two very remarkable things about Agatha Christie's stories. The first is that they are so adaptable. It doesn't really matter which language they appear in, the stories and the plots still give the same thrill, still provide the same puzzles, and the characters still have the same attraction. Readers in China will I am sure enjoy Hercule Poirot and Miss Marple just as much as we do in England, and readers in China will still be transfixed by the surprises and horrors of AND THEN THERE WERE NONE, one of the great classics of 20th century detective fiction, as we are here.

Agatha Christie

The second is that the stories give a wonderful picture of England, particularly rural England, at the time Agatha Christie lived. She wrote books from 1920 until 1970 but it is sometimes hard to tell which part of her life each book was written in. Her characters and the life they lived were very much the same. The life we all live is changing very quickly these days but the Agatha Christie world stays the same. Perhaps the Miss Marple stories provide the best example of this, and in some ways, THE BODY IN THE LIBRARY and NEMESIS are quite similar, despite the fact that thirty years elapsed between the time they were written.

Perhaps I might end by mentioning three Agatha Christies (other than the ones mentioned above) which I think demonstrate why she is so popular, even in the twenty-first century. The first is MURDER ON THE ORIENT EXPRESS, one of the most famous with one of the most ingenious and human plots. Read this on one of your long train journeys in China! Next is A MURDER IS ANNOUNCED, a Miss Marple which was her 50th book. It has my favourite murderer in it! And last is ENDLESS NIGHT a story about evil and how it affects three young people, written at the time when I knew her best, and understood how deeply she cared and sympathised with young people and the world they lived in.

Whichever are your favourites I hope you enjoy these stories that New Star are introducing to you again. I think it is a great publishing event.

Mathew

Grandson of Agatha Christie
Chairman of Agatha Christie Ltd

致中国读者

(午夜文库版阿加莎·克里斯蒂作品集序)

在未来的几年中,我们将要筹备两个非常重要的关于阿加莎·克里斯蒂的纪念日。二〇一五年是她的一百二十五岁生日——她于一八九〇年出生于英国的托基市,二〇二〇年则是她的处女作《斯泰尔斯庄园奇案》问世一百周年的日子,她笔下最著名的侦探赫尔克里·波洛就是在这本书中首次登场。因此,新星出版社为中国读者们推出全新版本的克里斯蒂作品正是恰逢其时,而且我很高兴哈珀柯林斯选择了新星来出版这一全新版本。新星出版社是中国最好的侦探小说出版机构,拥有强大而且专业的编辑团队,并且对阿加莎·克里斯蒂的作品极有热情,这使得他们成为我们最理想的合作伙伴。如今正是一个良机,可以将这些经典作品重新翻译为更现代、更权威的版本,带给她的中国书迷,让大家有理由重温这些备受喜爱的故事,同时也可以将它们介绍给新的读者。如果阿加莎·克里斯蒂知道她的小故事们(她这样称呼自己的这些作品)仍然能给世界上这么多人带来如此巨大的阅读享受,该有多么高兴啊!

我认为阿加莎·克里斯蒂的作品有两个非常重要的特征。首先它们是非常易于理解的。无论以哪种语言呈现,故事和情节都同样惊险刺激,呈现给读者的谜团都同样精彩,而书中人物的魅力也丝毫不受影响。我完全可以肯定,中国的读者能够像我们英国人一样充分享受赫尔克里·波洛和马普尔小姐带来的乐趣;中国读者也会和我们一样，读到二十世纪最伟大的侦探经典作品——比如《无人生还》——的时候，被震惊和恐惧牢牢钉在原地。

第二个特征是这些故事给我们展开了一幅英格兰的精彩画卷，特别是阿加莎·克里斯蒂那个年代的英国乡村。她的作品写于二十世纪二十年代至七十年代间，不过有时候很难说清楚每一本书是在她人生中的哪一段日子里写下的。她笔下的人物，以及他们的生活，多多少少都有些相似。如今，我们的生活瞬息万变，但"阿加莎·克里斯蒂的世界"依旧永恒。也许马普尔小姐的故事提供了最好的范例：《藏书室女尸之谜》与《复仇女神》看起来颇为相似，但实际上它们的创作年代竟然相差了三十年。

最后，我想提三本书，在我心目中（除了上面提过的几本之外）这几本最能说明克里斯蒂为什么能够一直受到大家的喜爱。首先是《东方快车谋杀案》，最著名，也是最机智巧妙、最有人性的一本。当你在中国乘火车长途旅行时，不妨拿出来读读吧！第二本是《谋杀启事》，一个马普尔小姐系列的故事，也是克里斯蒂的第五十本著作。这本书里的诡计是我个人最喜欢的。最后是《长夜》，一个关于邪恶如何影响三个年轻人生活的故事。这本书的写作时间正是我最了解她的时候。我能体会到她对年轻人以及他们生活的世界关心至深。

现在新星出版社重新将这些故事奉献给了读者。无论你最爱的是哪一本，我都希望你能感受到这份快乐。我相信这是出版界的一件盛事。

阿加莎·克里斯蒂外孙

阿加莎·克里斯蒂有限责任公司董事长

马修·普理查德

二〇一三年二月二十日

阿加莎·克里斯蒂侦探小说全集 ⑦1

清洁女工之死
Mrs. McGinty's Dead

Agatha Christie®

［英］阿加莎·克里斯蒂 著
黄夏青 译

新 星 出 版 社　NEW STAR PRESS

献给彼得·桑德斯[①]

感谢他对作者的友善

[①] 彼得·桑德斯,阿加莎的好友及支持者,也是包括《捕鼠器》在内的多部阿加莎戏剧的制作人。

第一章

赫尔克里·波洛从"维拉大妈"[1]餐厅出来,向苏活区走去。他竖起大衣的领子,与其说是必须,不如说是出于谨慎,因为晚上并不冷。"在我这个年纪,还是不要冒什么风险的好。"波洛常常这样宣称。

他眼带困意,心满意足。"维拉大妈"餐厅的蜗牛是真正的人间美味。这个昏暗肮脏的小餐馆真是个难得的发现。赫尔克里·波洛闭目养神,像一只吃饱喝足的狗,伸出舌头舔了舔嘴唇。他从口袋里掏出手帕,擦了擦华丽的胡子。

是的,他吃了一顿美食……那么接下来要干什么呢?

一辆出租车从他身边经过,放慢了速度。波洛犹豫了一下,但没有招手让出租车停下。为什么要搭出租车呢?反正时间还早,不急着回家,还没到上床睡觉的时间。

"唉!"波洛吹了吹胡子,喃喃道,"可惜的是人一天只能吃三顿……"

英式下午茶是他从来都接受不了的用餐习惯。"如果一个人在五点钟就吃了东西,"他解释说,"那么就没有足够的胃液去消化晚餐了。而晚餐,别忘了,是一天中最重要的一顿大餐!"

---

[1] 原文为法语。后文中均以仿宋字体呈现。

对他来说，早晨喝咖啡也不习惯。不，早餐应该是热巧克力配羊角面包。如果可能，十二点半用午餐，最迟不能晚于一点。最后是一天的高潮：晚餐！

这一日三餐是赫尔克里·波洛一天中的几个巅峰时刻。作为一个向来重视保护肠胃的人，他在晚年得到了回报。吃现在不仅仅为了满足口腹之欲，也是一项智力研究。因此在两餐之间，他花了不少时间寻找并记录新的美食场所。"维拉大妈"餐厅正是这些搜寻的结果之一，而且"维拉大妈"餐厅刚刚获得了波洛的美食认证。

但现在，不幸的是，还有一整个晚上需要打发。

赫尔克里·波洛叹了口气。

"如果，"他想，"亲爱的黑斯廷斯在这里该有多好……"

他沉浸在回忆老友的愉悦里。

"他是我在这个国家的第一位朋友——现在依然是我最亲密的朋友。的确，他总是一次又一次地惹我生气。但是我现在还记得这些吗？不，我只记得他难以置信的好奇样子，被我的天才所震慑的张口结舌的样子，我不用说一句假话就能误导他，使他迷惑不解的样子，还有当他终于察觉那些在我看来一目了然的真相时，惊奇万分的样子。我亲爱的朋友！这是我的弱点，一直是我的弱点，喜欢卖弄和炫耀。黑斯廷斯也无法理解我这个弱点。但它对于像我这样具有非凡本领的人来说又是非常必要的，我们需要孤芳自赏，也需要别人捧场。我总不能一整天坐在椅子里，心想自己是多么了不起吧。人们需要人际交往。需要——照现在的话来说——一个应声虫。"

赫尔克里·波洛叹了口气，转入沙夫茨伯里大街。

他是否应该穿过大街，到莱斯特广场，在电影院里消磨一个晚上呢？他微微皱眉，摇了摇头。电影，常常看得他生气，情节松散，缺乏逻辑性和连贯性，甚至那些备受推崇的电影画面在波洛看来也只不过是一些场景和物体的特写，故意使它们看起来和现实中完全不同罢了。

波洛觉得，如今的一切都太人工化了。看不到他所高度推崇的那种对秩序和条理的热爱。鲜见对精微细致的欣赏，充斥着暴力和野蛮残酷的画面成为时尚。作为一名退休警官，波洛早已厌倦了残酷和暴力。早年他见过许多暴行，早已见怪不怪。他只觉得令人生厌，愚蠢透顶。

"事实是，"波洛迈步回家的时候心想，"我和现在的世界格格不入。我和其他人一样，都是奴隶，只不过我的层次更高。我的工作奴役我，就像他们的工作奴役他们。当有空闲的时候，大家都不知道怎么打发这些闲暇的时间。退休的金融家打打高尔夫；小商人在花园里种种球茎植物；而我，则是吃。但现在又碰到老问题了。可惜的是人一天只能吃三顿，三餐之间的空隙难以打发。"

他经过一家报摊，瞄了瞄报纸上的新闻标题。

"麦金蒂案审理结果裁定。"

这引不起他一点兴趣。他依稀记得曾在报纸上看到的一则短新闻。不是什么吸引人的谋杀。有个可怜的老妇人因为区区几英镑被人敲碎了头颅。正是当今这些毫无意义的暴行中的一例。

波洛走进他的公寓所在大楼的庭院，照例满怀赞赏。他深以自己的家为傲——一幢堂皇对称的建筑。他乘电梯来到三楼，他的豪华大套房就在这一层。屋里装饰精美，陈设考究，正方形的扶手椅，棱角分明的长方形饰物。全都方方正正，可以毫不夸张地说，几乎找不到一条曲线。

当他用钥匙打开门，走进白色的门厅，他的男仆乔治轻轻走上前来迎接他。

"晚上好，先生。有一位——绅士在等您。"

他熟练地帮波洛脱下大衣。

"是吗？"波洛察觉到在"绅士"这个词之前有片刻非常细微的停顿。作为一个深谙社会等级之分的势利小人，乔治在这方面是一个专家。

"一位叫作斯彭斯的先生。"

"斯彭斯[①]。"波洛一时想不起这个名字，但他觉得应该在哪儿听过。

波洛在镜子前稍稍停留了片刻，将胡子整理到完美的状态，然后打开客厅的门走了进去。坐在正方形大扶手椅里的男人站了起来。

"你好，波洛先生，希望你还记得我。已经过去很久了……我是斯彭斯警监。"

"当然记得。"波洛热情地与他握手。

吉尔切斯特警局的斯彭斯警监。一个非常有趣的案子……正如斯彭斯说的，是很久以前的事情了……

波洛竭力劝说他的客人喝点什么。石榴汁？薄荷甜酒？本笃酒？可可甜酒……

正在这时，乔治端着托盘走进房间，托盘上是一瓶威士忌和吸管。"您是否想来杯啤酒呢，先生？"他轻声地问客人。

斯彭斯警监红润的宽大脸庞一亮。

"那就啤酒吧。"他说。

[①]斯彭斯警监曾出现在《万圣节前夜的谋杀》一书中与波洛和奥利弗太太一同破案。

波洛再一次惊叹于乔治的本事。他自己从来都不知道公寓里竟然有啤酒，而且他也无法理解有人竟然宁愿喝啤酒而不要甜酒。

当斯彭斯端起冒着泡的啤酒杯，波洛给自己倒了一小杯亮晶晶的绿色薄荷酒。

"你来看我真好，"他说，"真好。你是从哪里来的？"

"吉尔切斯特。我再过半年就要退休了。其实，我一年半之前就应该退休了。他们挽留我，我就多留了一阵子。"

"你是明智的，"波洛感慨地说，"非常明智……"

"是吗？我不知道。我不敢确定。"

"是的，是的，你很明智，"波洛坚持说，"你不知道无所事事的时间多么难打发。"

"哦，我退休后有很多事情可以做。去年我们搬进了新房子，有一个相当大的花园，可是疏于打理。我到现在都还没有时间拾掇拾掇它呢。"

"啊，是的，你是喜欢打理花园的那类人。我也曾经下定决心住到乡下，种种西葫芦，可是没有成功，与我脾气不合。"

"你真该看看我去年种的一个西葫芦，"斯彭斯热情地说，"硕大无比！还有我的玫瑰。我特别喜欢玫瑰。我打算——"

他停住了。

"我今天来不是想谈这个。"

"不，不，你是来见老朋友的，真是有心。我很感激。"

"恐怕不仅如此，波洛先生。我还是实话实说吧，我是有求而来。"

波洛小心翼翼地说：

"你的房子，是抵押贷款的吧？你是要借钱——"

斯彭斯惊恐万分地打断了他的话：

"哦，老天爷，不是钱的问题！跟钱没有半点关系。"

波洛优雅地挥挥手表示道歉。

"请你原谅。"

"我会原原本本地告诉你，我来是为了桩该死的案子。如果你把我轰出去，我是不会感到意外的。"

"不会有那样的事，"波洛说，"继续说吧。"

"是麦金蒂的案子。也许你已经从报纸上看到了？"

波洛摇摇头。

"没怎么关注。麦金蒂太太——是商店还是住家里的一个老妇人死了。她是怎么死的？"

斯彭斯盯着他。

"天啊！"他说。"让我想起了过去。不可思议……我之前从来没有想过。"

"你说什么？"

"没什么。只是个游戏。小孩子玩的游戏。我们小的时候经常玩。很多人排成一排。挨个提问并回答问题。'麦金蒂太太死了！''她怎么死的？''单膝下跪，像我这样。'然后接着下一个问题，'麦金蒂太太死了。''她怎么死的？''伸出手来，像我这样。'于是我们所有的人都会跪在地上，把右臂伸出来，一动不动。然后，你就知道会怎么样了！'麦金蒂太太死了。''怎么死的？''就像这样！''啪'的一声，排头的人向后倒下来，然后我们就像保龄球一样摔成一串！"斯彭斯回忆往事放声大笑，"真的勾起了我儿时的回忆！"

波洛礼貌地等着。虽然在这个国家住了将近半辈子，可是总有这样一些时候让他感到难以理解英国人。他本人小时候也玩过捉迷藏一类的游戏,但他并不想谈论它,甚至根本想都不会想到它。

斯彭斯终于止住笑,波洛略带些倦意地重复了一遍问题:"她是怎么死的?"

笑意从斯彭斯的脸上消失了。他突然恢复了老样子。

"她的后脑勺被人用尖锐的重物狠狠地打了。她的房间遭到洗劫,她的大约三十英镑现金的存款也不见了。她独自住在一栋小房子里,此外还有一个房客。一个叫本特利的男人,詹姆斯·本特利。"

"啊,是的,本特利。"

"没有破门而入的痕迹,窗户和门锁也都没有任何被撬的迹象。本特利生活艰难,失业,欠了两个月的房租。丢失的那些钱在屋后一块松动的石头底下发现了。本特利外套的袖子上有血迹和头发——与死者的血型和头发一样。根据他第一次调查时的供词,他说自己从来没有靠近过尸体——所以血迹和头发不可能是无意间沾到的。"

"是谁发现的尸体?"

"面包师送面包来的时候发现的。那天是他收账的日子。詹姆斯·本特利开的门,说他敲过麦金蒂太太卧室的门,但没有人应答。面包师说她可能生病了。他们请女邻居上去看看。麦金蒂太太没有在卧室里,也没在床上睡觉,但房间被洗劫过,地板也被撬开了。于是他们想到去客厅里看看。她就在那里,躺在地板上,那个女邻居吓破了胆,尖叫起来。后来,当然,他们报了警。"

"那么本特利最终被捕并受审了?"

"是的。案子移交到了刑事法庭,昨天开庭审理。今天早上陪审团只花了二十分钟就做出了裁决：有罪。判处死刑。"

波洛点点头。

"然而，在判决之后，你搭火车来到伦敦，来这里见我。为什么？"

斯彭斯警监盯着他的啤酒杯，手指在杯口慢慢地画着圈。

"因为，"他说，"我认为凶手不是他……"

第二章

两人间有片刻的沉默。

"你来找我——"

波洛没有说完这句话。

斯彭斯警监抬起头。他脸上的神情更加凝重了。这是一张典型的乡下人的脸,平庸,自制,精明但诚实的眼睛。一看就知道是一个有原则的人,这是一张不会让自己陷入庸人自扰或不辨是非的人的脸。

"我在警队服役已经很长时间了,"他说,"在这方面有着丰富的经验。我看人很准,不比任何人逊色。我办过不少谋杀案——有些案情一目了然,有些不那么简单。其中一个案子你是知道的,波洛先生。"

波洛点点头。

"那个案子很棘手。要不是你,我们可能找不到真相。但后来我们确实搞清楚了——毋庸置疑。另一件你不知道的案子也一样。那人叫惠斯勒,他被抓住了——罪有应得。还有那些枪杀了老加特曼的家伙。用砒霜下毒的维罗尔。川特逃脱了,但绝对是他干的。科特兰太太,她很幸运,她的丈夫是个讨厌的下流胚,陪审团宣告她无罪。这不公正只是出于同情。这种事情时不时会发生。有时是因为没有足够的证据,有时是因为情感因素,有时凶手骗过了整个陪审团——最后这种情况不常发生，但的确有可能发生。有时，是由于辩护律师的出色工作或由于控方律师的失误。哦，是的，我见过很多这样的事情。但是，但是……"

斯彭斯摇了摇粗大的食指。

"在我的职业生涯中，我还没有见过一个无辜的人为他没有做过的事情而被绞死。这种事情，波洛先生，我不希望看到。"

"不，"斯彭斯加上一句，"这个国家不能发生这种事情！"

波洛回瞪他。

"你觉得你现在要碰到这种事情了。但为什么——"

斯彭斯打断了他。

"我知道你要问什么。即使你不问我也会告诉你的。我奉命侦办这个案子。我奉命搜集相关的证据。整个过程我非常谨慎，实事求是，寻找一切可能的证据。所有的事实都指向一个地方，指向一个人。搜集了所有证据之后，我把它们交给我的上司。之后，这个案子就不归我管了。案件移交到了检察官手中，由他负责。他决定起诉，证据确凿，他不可能有别的选择。所以，詹姆斯·本特利被逮捕并受审，经过正式审判，他被判有罪。证据确凿，他们不可能对他有别的判决。因为证据就是陪审团必须考虑的东西。我得说，关于证据不存在任何疑问。不，应该说判他有罪，大家都相当满意。"

"除了你，是不是？"

"是的。"

"为什么？"

斯彭斯警监叹了口气。他用大手抚摩着下巴。

"我不知道。我的意思是，我说不出理由，具体的理由。我敢说对于陪审团来讲，他看上去就像一个杀人犯，但对我来讲，他不是。我比陪审团更了解杀人犯。"

"是的，是的，在这方面你是专家。"

"你瞧，首先，他不狂妄自大。而根据我的经验，杀人凶手通常都是狂妄自大的。总是该死地对自己做的事情沾沾自喜，总以为他们骗倒了你，总是相信自己聪明过人，事情从头至尾都没有纰漏。甚至当他们站到了被告席上，知道自己罪无可赦，还是会从中得到某种奇怪的心理满足。他们大出风头，成了大众瞩目的对象。也许平生第一次，他们有了当明星的感觉。他们，嗯，你知道的，狂妄自大！"

斯彭斯以斩钉截铁的口气说出这个词。

"你理解我的意思吧，波洛先生。"

"我非常理解。那么这个詹姆斯·本特利，他不像这种人？"

"不像。他只是吓坏了。从一开始就胆战心惊。有些人可能会认为这正是他有罪的表现。但我不这么看。"

"是的，我同意你的看法。这位詹姆斯·本特利是什么样的人？"

"三十三岁，中等身材，面色萎黄，戴着眼镜——"

波洛打断了他的话。

"不，我不是问他的外貌特征。他的性格是什么样的？"

"哦，你是说这个。"斯彭斯警监沉思了片刻，"他是个其貌不扬的家伙。紧张兮兮的，不敢正眼瞧人，眼神飘忽闪烁。面对陪审团的时候这种态度是最要命的。有时畏畏缩缩，有时蛮横无理，乱发一通脾气。"

他顿了顿，用闲聊的语气说：

"其实他是个害羞的人。我有个表弟就是这样的。一旦碰到尴尬的事情，他们就会说些一目了然的愚蠢的谎言。"

"你的这位詹姆斯·本特利听起来不是个有魅力的人。"

"哦,的确如此。没有人会喜欢他。但我不希望看到他因此而被绞死。"

"你认为他会被绞死?"

"我看不出有幸免的可能。他的律师可能会提出上诉,但即使能上诉也是基于非常弱的理由,某种程序上的瑕疵,据我看,成功的希望渺茫。"

"他请到了好律师吗?"

"年轻的格雷·布鲁克是根据贫困人士的法律援助条例被指派给他的。我得说他认真负责,已经尽了全力。"

"因此那个人受到了公正的审判,被他的同胞所组成的陪审团宣判有罪。"

"是的。一个结构优良的陪审团。七个男人,五个女人——都是高尚讲理的人。法官是老斯坦尼斯·戴尔。公正严明,没有偏见。"

"所以,根据贵国法律,詹姆斯·本特利没什么好抱怨的?"

"如果他为了没有做过的事情上绞架,他当然有理由抱怨!"

"这样说很公道。"

"而且他的案子是我办的——我收集的证据,将它们综合在一起。正是因为那个案子和那些证据,他才被定罪。我不喜欢这样,波洛先生,我不喜欢。"

赫尔克里·波洛盯着斯彭斯警监那因激动而涨得通红的脸很长时间。

"那么,"他说,"你有什么建议?"

斯彭斯看上去非常尴尬。

"我希望你已经猜到我接下来要说什么了。本特利的案子已经结案。我已经受命调查另一个案子，一件贪污案。今晚就得去苏格兰。我不是一个自由的人。"

"而我——是？"

斯彭斯满脸羞愧地点了点头。

"你说对了。你一定觉得我厚颜无耻。但我想不出别的办法。我已经尽了全力，我认真调查了每一种可能性，但一无所获。我想不出还能怎么做。但谁知道呢，可能你就是不一样。请原谅我这么说，你看待事物的角度和方法很有趣。也许这个案子就应该用你的方法去解决。因为如果詹姆斯·本特利没有杀她，那就是别人杀的。她不会自己砍了自己的后脑勺。你也许可以找到我忽略了的东西。你没有任何理由去管这件事。我提出这样的建议，的确是厚脸皮。但我还是来了。我来找你，因为这是我唯一能想到的办法。但是，如果你不想插手，也并无不妥，你本来——"

波洛打断了他。

"哦，但确确实实有理由。我很闲，太闲了。而且你已经引起了我的兴趣。是的，我非常感兴趣。这是一个挑战，对我大脑里的那些灰色小细胞来说。而且，我也是为你考虑。我能想象六个月后你在花园里种花的情景，也许是玫瑰花，但你却体会不到应有的幸福，因为你的脑海中有不愉快的回忆挥之不去，我不会让你有这种烦恼的，我的朋友。而且最后——"波洛坐直了身子，用力点了点头，"这是原则问题。如果一个人没有犯谋杀罪，他就不应该被绞死。"他顿了一下，接着说："但假如最终证明的确是他杀的呢？"

"如果是这样，我会非常感激你能帮忙确认这一点。"

"两个头脑总胜过一个？瞧，那就这么说定了。我要投入此事中。很明显，已经没有时间可浪费了。现场的痕迹已不可查。

麦金蒂太太被杀的具体日期是哪天？"

"去年十一月二十二日。"

"那我们先来了解基本事实吧。"

"我带来了那个案子的笔记，一会儿交给你。"

"好。就目前而言，我们只需要了解案子的大概脉络。如果詹姆斯·本特利没有杀死麦金蒂太太，那会是谁？"

斯彭斯耸了耸肩膀，语气沉重地说：

"到目前为止，据我所调查的结果看，没有人。"

"但是，我们不接受这个答案。既然每个谋杀案都必须有一个动机，那么，麦金蒂太太的案子，可能的动机会是什么？羡慕，嫉妒，报复，恐惧，钱？让我们先看看最后一个也是最简单的一个？谁将从她的死亡中获利？"

"没人能获利很多。她在银行有二百镑的储蓄，将由她的侄女继承。"

"两百镑不算很多，但在某些情况下，它足以派上大用场。所以，我们还是讨论一下侄女。很抱歉，我的朋友，要重新在你查过的线索的基础上再查一遍。我知道你一定仔细思考过这一切，但我还是要和你再审查一遍。"

斯彭斯点了点他的大头。

"我们当然考虑过她的侄女。她三十八岁，已婚。丈夫受雇于一家建筑装潢公司。他是油漆匠，品行良好，工作稳定，人也机灵，不是傻瓜。而她是个可爱的姑娘，有点健谈，看起来很喜欢她的姑姑。他们俩都没有迫切需要这两百镑的理由，虽然我敢说得到这笔钱他们还是很高兴的。"

"那老太太的小屋呢？也归他们了吗？"

"房子是租来的。当然，根据租赁条约，房东不能赶老太太走。但现在她死了,我不认为侄女能够接手,反正她和丈夫都不想要。他们自己有一小套现代化的公租房,他们一直引以为豪。"斯彭斯叹了口气。"我仔细调查过那位侄女和她的丈夫,你明白的,他们看起来是最理想的嫌疑人。但我查不到任何可疑之处。"

"现在让我们来谈谈麦金蒂太太本人。如果你愿意的话,请向我形容一下她——不仅仅在外貌方面。"

斯彭斯笑了。

"不想要警方的例行介绍吗?好吧,她六十四岁,是个寡妇。丈夫曾在吉尔切斯特的霍奇斯商店的纺织品部工作。他大约七年前去世了,死于肺炎。从那以后,麦金蒂太太每天都会到附近的人家里帮佣,做些家务零活。布罗德欣尼是个小村庄,近来开发成了住宅区。住着一两个退休人员,工程的合伙人,医生,诸如此类的人。那里到吉尔切斯特的公共汽车和火车线路都很方便,而卡伦奎,我想你知道这地方,是一个相当大的避暑胜地,离那儿也只有八英里远,再说布罗德欣尼本身就相当漂亮,一派田园风光,离德莱茅斯和吉尔切斯特之间的主路只有约四分之一英里。"

波洛点点头。

"麦金蒂太太的屋子是村子里原有的四栋老屋之一,另外一栋是邮局和商店,还有务农的雇工住的两栋。"

"她接收了一个房客?"

"是的。她丈夫在世的时候,他们接收夏季游客,但他去世后,她就只接收一个长住的房客。詹姆斯·本特利已经在那儿住了好几个月了。"

"所以我们现在要讨论的是——詹姆斯·本特利?"

"本特利最后一份工作是在吉尔切斯特的一家房产代理公司。"

在此之前，他与母亲住在卡伦奎。她行动不便，而他要照顾母亲，因此很少外出。后来母亲死了，母子赖以度日的退休金也没了。他卖掉了小房子，并找了一份工作。他是受过良好教育的人，但没有什么特别的资质或技能，而且，正如我说的，其貌不扬，并不讨人喜欢。找工作对他来说并不容易。不管怎么样，他后来还是在布瑞瑟与史考特事务所找到了一份工作。那是一家二流公司。我认为他干得不算出色，因为他们裁员的时候他就被裁掉了。他找不到另一份工作，钱也花光了。他平时每月向麦金蒂太太支付租金。她提供早餐和晚餐，每周额外收三镑——算起来比较公道。他已经有两个月没付房租了，差不多已经山穷水尽。他找不到新工作，房东又一直催他还清欠款。"

"他知道她在屋子里放了三十镑吗？顺便问一句，她为什么要在屋子里放三十镑，她不是在银行有储蓄账户吗？"

"因为她不相信政府。她曾说过他们可以拿走她两百镑，但休想得到更多。她宁愿把钱放在自己伸手就碰得到的地方。她跟一两个人说过这话。钱藏在她卧室地板的一块松动的木板下——一个非常明显的地方。詹姆斯·本特利承认，他知道钱在那里。"

"他可真配合。那么侄女和她的丈夫知道吗？"

"哦，是的。"

"那么，我们又回到我问你的第一个问题了。麦金蒂太太是怎么死的？"

"她死于十一月二十二日晚上。法医推断死亡时间在七点到十点之间，她已经吃过晚饭——腌鱼、面包、黄油。各方调查表明，她通常在大约六点半吃晚饭。如果那晚她还是和平时的习惯一样，那么根据消化情况推断，她大约是在八点半到九点钟之间被杀的。詹姆斯·本特利本人供称，那晚七点十五分到九点左右外出散步了。他经常天黑后出门散步。根据他自己的说法，他在大约九点钟回来（他有钥匙），并径直回了楼上他自己的房间。麦金蒂太太以前为了接待夏天的游客，在卧室里装了盥洗盆。他看了大约半小时书，然后就去睡觉了。他没听到也没看到任何异常的事情。第二天早上，他下楼到厨房，但里面一个人也没有，也没有准备早餐的迹象。他说他犹豫了一下，然后去敲了敲麦金蒂太太的门，但没人应答。

"他以为她一定睡过头了，就不想继续敲门。然后，面包师来了，就和詹姆斯·本特利上楼再敲了敲门，后来的事情我告诉过你了，面包师到隔壁请来埃利奥特太太，她发现了尸体，吓得歇斯底里。麦金蒂太太躺在客厅的地板上。她被人用什么东西击中后脑勺，凶器应该是非常锋利的剁肉刀之类的东西。她当场毙命。抽屉被打开了，东西散了一地，卧室地板那块松动的木板被撬起，里面已经空了。窗户都从里面关着。没有撬锁或从外部破门而入的迹象。"

"因此，"波洛说，"要么是詹姆斯·本特利杀了她，要么是她在本特利外出散步的时候杀了自己，是吗？"

"正是。不是小偷或强盗。那么她会让什么人进来呢？某个邻居，或她的侄女，还是她侄女的丈夫。只能想到这些。我们排除了邻居。侄女和她的丈夫那天晚上去看电影了。有这样的可能性，只是可能性，即其中一人在不被人察觉的情况下离开了电影院，骑自行车走了三英里，杀了老太太，把钱藏在屋外，再神不知鬼不觉地回到电影院。我们调查了这种可能性，但没有发现任何证据。而且如果是这样的话，为什么要把钱藏在麦金蒂太太的屋子附近？事后是很难把钱取走的。为什么不藏在三英里路上的某个地方呢？不，把钱藏在那里的唯一原因只能是——"

波洛帮他把这句话说完。

"——因为你住在那个屋子里,但不想把它藏在自己的房间或屋里的任何地方。所以就是:詹姆斯·本特利。"

"就是这样。无论何时何地,答案都指向本特利。最后,他的袖口上还有血。"

"他是怎么解释呢?"

"他说想起了前一天,他碰到了屠夫的剁刀。胡扯!那根本不是动物的血。"

"他坚持这套说辞吗?"

"没有。在庭审的时候,他讲了另一个完全不同的故事。你瞧,他袖口上还发现了一根头发——沾了血迹的头发,与麦金蒂太太的头发是一样的。这就需要解释了。于是他就承认,他前一天晚上散步回来的时候进入过房间。他说,他敲门后进去,发现她躺在地板上,已经死了。他弯下腰,摸了摸她,他说,是为了确认人是否真的死了。然后,他就昏了头。他说他一直非常害怕见血。他回到自己的房间,几近崩溃,险些晕倒。第二天早上,他还是无法让自己相信发生了什么事。"

"一个非常可疑的故事。"波洛评论道。

"是的,确实如此。然而你知道的,"斯彭斯思忖道,"这可能是真的。普通人或陪审团不会相信,但我真的遇到过这样的人。我不是指精神崩溃的事。我的意思是指有些在需要承担责任的时候,却根本无法面对的人。通常都是害羞的人。比如说,他进去了,发现她死了。他知道他应该做什么事——叫警察,找邻居,不管什么,总之应该做该做的事。但他惊慌失措。他想:'我不需要知道这件事。我今晚不需要到这里来。去睡觉,就当我从来没有来过这里……'在这样想法的背后,当然,还有害怕，害怕自己会被怀疑与这件事有牵连。他认为要尽可能让自己撇清干系，所以这个傻瓜就这样套了进去，把自己的脖子套了进去。"

斯彭斯暂停了一下。

"可能就是这样。"

"有可能。"波洛若有所思地说，

"再或者，这可能只是他的律师编造的想帮他脱身的最好说辞。但是，我不知道。吉尔切斯特咖啡馆的女服务员说，他平时吃午饭的时候总是挑一张桌子坐，在那里他可以看着墙壁或角落，不用见人。他是有点心理扭曲。但并没有扭曲到成为一个凶手。他并没有妄想症或被迫害狂那类毛病。"

斯彭斯满怀希冀地望着波洛，但波洛没有反应，他紧皱着眉头。

两个人就这样默默地坐着。

第三章

最后波洛叹了口气，给自己鼓劲。

"呃，"他说，"我们已经排除了钱的动机。让我们再看看其他可能性。麦金蒂太太有仇人吗？她害怕什么人吗？"

"没有这类证据。"

"她的邻居们有什么看法？"

"几乎没有。也许他们不太愿意和警察说，不过我不认为他们有什么好隐瞒的。他们说，她总是独来独往。但这没什么不正常的。你知道的，波洛先生，我们的村民并不友好。战争期间疏散到这里的人都这么觉得。麦金蒂太太和邻居相安无事，但关系并不亲密。"

"她住在这里住多久了？"

"我想，大概十八年到二十年吧。"

"那之前四十年呢？"

"她的生平没什么神秘的。她是北德文郡一个农民的女儿。她和丈夫以前在伊尔弗勒科姆附近住了一段时间，后来搬到吉尔切斯特。在那里有一间小房子。后来觉得那里太潮湿，所以又搬到了布罗德欣尼。丈夫看起来是一个安分而正派的人，有些害羞，不常去酒馆。一切都堂堂正正，光明正大。没什么需要遮遮掩掩的地方。"

"然而她还是被人杀害了?"

"然而她还是被人杀害了。"

"侄女知不知道有谁和她姑妈有过节的?"

"她说没有。"

波洛恼怒地揉了揉鼻子。

"你能理解的,我亲爱的朋友,要是麦金蒂太太不是麦金蒂太太,事情会简单得多。这么说吧,如果她是所谓神秘女人的话,我是指那种有过去的女人。"

"嗯,她不是,"斯彭斯木然地说,"她只是麦金蒂太太,一个没受过多少教育的女人,靠出租房间、帮人打扫屋子过活。英国有成千上万这样的人。"

"但她们没有都被人杀害。"

"是的。我承认。"

"那么,为什么麦金蒂太太会被谋杀呢?我们不接受那个显而易见的答案。还剩下什么?一个印象模糊,可能性不大的侄女。一个更模糊,更不可能的陌生人。事实呢?让我们回到事实。事实是什么?一位年老的清洁女工被谋杀了。一个害羞而没教养的年轻人被逮捕并被判谋杀。为什么詹姆斯·本特利会被抓?"

斯彭斯瞪大了眼睛。

"证据对他不利。我已经告诉过你——"

"是的。证据。但是告诉我,我的斯彭斯,那是真正的证据,还是伪造的?"

"伪造?"

"是的。假设詹姆斯·本特利是无辜的,那就有两种可能性。证据是伪造的,有人故意要陷害他。或者他只是运气不好碰上了。"

"是的。我明白你的意思了。"

"目前没有什么证据能证明是第一种情况,但同样没有什么证据可以证明不是这样。那些钱被拿走藏在房子外很容易被找到的地方。如果真的藏在他自己的房间,可能警察要找到它们还要花更多时间。谋杀是在本特利像平时一样一个人外出散步的时候发生的。袖口上的血迹是像他自己在法庭上说的那样沾上去的,还是也是有人故意弄上去的呢?是不是有人躲在暗处陷害他,故意在他的袖子上动了手脚?"

"我觉得这有点扯远了,波洛先生。"

"也许吧,也许吧。但是,我们就是得想远一点。我认为,在这个案子里,我们目前的想象力尚无法看清道路……因为,你瞧,我亲爱的斯彭斯,如果麦金蒂太太只是一个普通的女人,那么凶手一定是不同寻常的。是的,这毫无疑问。这件案子的关键在于凶手,而不是被害人。这和绝大部分的罪案不同。通常被害人的个性是案子的症结所在。我通常对那些无言的死者更有兴趣。他们的恨,他们的爱,他们的行为。而当你真正了解了这些被谋杀的被害人,那么被害人就会说话,那些死人会开口说出名字,你想知道的名字。"

斯彭斯看上去很不舒服。

"这些外国人!"他似乎在心里这么说。

"但在这个案子里,"波洛继续说,"情况恰恰相反。在这个案子里,我们猜测还有一个未曾现身的人,一个躲在暗处的身影。麦金蒂太太怎么死的?她为什么会死?答案无法从麦金蒂太太的生活中寻找,答案要从凶手的性格里去寻找。你同意我的看法吗?"

"我想是吧。"斯彭斯警监小心翼翼地说。

"有人想要得到什么？是为了除掉麦金蒂太太？还是为了除掉詹姆斯·本特利？"

警监将信将疑地"嗯"了一声。

"是的，是的，这是首先要解决的问题。谁是真正的被害人？凶手的真正意图是谁？"

斯彭斯怀疑地说："你真的认为有人会杀掉一个无辜的老妇人，就为了将某人送上绞刑架吗？"

"俗话说，有失才有得①。那么，如果麦金蒂太太是鸡蛋的话，詹姆斯·本特利就是煎蛋。所以，现在把你所知道的詹姆斯·本特利的情况说来给我听听。"

"我知道得也不多。他的父亲是一名医生，在本特利九岁时去世了。他上的是一间比较小的公立学校，因为身体不好免于服兵役，战争期间在政府部门工作，和支配欲很强的母亲一起生活。"

"嗯，"波洛说，"比起麦金蒂太太的生活，有更多可能性……"

"你真的相信是这样吗？"

"不，目前我什么都不相信。但我是说，现在有两条截然不同的调查线索，而我们必须赶快做出决定，到底追查那一条才是正确的。"

"你打算怎么着手调查呢，波洛先生？有什么我能帮忙的？"

"首先，我想和詹姆斯·本特利见一面。"

"这个可以安排。我会联系他的律师。"

"在那之后，当然，根据会面的结果，如果有收获的话——

---

①原文为：One cannot make an omelette, they say, without breaking eggs. 不打碎鸡蛋就做不了煎蛋。

尽管我对此不抱什么希望,我会去一趟布罗德欣尼。到那之后,根据你的笔记,我将尽快把你告诉我的事情再调查一遍。"

"以免我漏掉了什么。"斯彭斯苦笑着说。

"我更愿意这么理解,有些情况对你和对我可能有不同的意义。人们的经验各不相同,所以反应也各不相同。一位富有的金融家和我在比利时列日① 所认识的一位煮皂工锅炉的相似之处曾经带来了最满意的结果。不过这事就不提了。我想这么做的原因是为了排除我刚才所说的两条线索中的一条。为了排除麦金蒂太太的这条线索——一号线索,显然这条线索比二号线索要简单容易得多。那么,在布罗德欣尼期间,我可以住在哪里呢?那儿有舒适的旅馆吗?"

"有个'三鸭酒店',不过那里不提供住宿。三英里外的卡拉文有一所'羔羊旅馆'。布罗德欣尼本身也有一家旅馆。它算不上真正的旅馆,只是一间相当破旧的乡村院落。经营者是一对年轻夫妇,为付费的客人提供食宿。"斯彭斯不大有把握地说,"我不认为那里会很舒服。"

波洛痛苦地闭上了眼睛。

"该我受罪就去受罪吧,"他说,"这也是不得已的。"

"我不知道你用什么身份去那里好一点,"斯彭斯看看波洛,继续没有把握地说,"你可以说自己是一位歌剧演员,嗓子坏了,需要休息一阵子。这也许可行。"

"我就以我的真实身份前往。"波洛以一副皇室派头说。

斯彭斯听到此宣言不禁噘起了嘴。

"你认为这样明智吗?"

---

① 比利时的一座城市。

"我认为这是必要的！是的，必要的。想想看，亲爱的朋友，该是我们主动出击的时候了。我们知道什么？什么都不知道。所以我们最大的希望，就是假装我知道了很多。我是赫尔克里·波洛。伟大的，独一无二的波洛。而我，赫尔克里·波洛，不满意麦金蒂案的判决结果。我，赫尔克里·波洛，对真相到底是什么存在明显的怀疑。在这种情况下，我，独自一人，要去追查真相。你明白了吗？"

"然后呢？"

"然后，我施加影响，观察反应。应该会激起各方反应。毫无疑问，应该有反应。"

斯彭斯警监不安地看着眼前的小个子男人。

"瞧，波洛先生，"他说，"不要以身犯险。我不希望你出事。"

"但是，如果我真出事了，不就证明你的怀疑是对的了吗，难道不是吗？"

"我可不希望以这种方式来证明。"斯彭斯警监说。

第四章

波洛怀着极大的厌恶环顾他所在的房间。这是一间宽敞的房间，但几乎没有一点吸引力。波洛的手指沿着书架的上方边缘划过，他做了个鬼脸。果然不出所料，都是灰尘！他小心翼翼地坐到沙发上，断裂的弹簧一下陷了下去。那两张褪色的扶手椅可能好一点。第四张椅子看起来比较舒适，一只长相凶恶的大狗趴在上面呜呜地咆哮着，波洛怀疑这狗长有兽疥癣。

房间很大，贴着褪了色的莫里斯壁纸。墙上歪歪斜斜地挂着几件丑陋的钢雕作品和一两张还不错的油画。椅罩也褪了色，十分肮脏。地毯上都是破洞，图案也很难看。许多杂物和小装饰品胡乱地摆在各个地方。因为缺了脚轮，桌子摇摇晃晃。一扇窗子开着，而且显然地球上还没有什么力量可以将它再次关上。门暂时是关着的，但看样子也支撑不了多久了。门闩已经坏了，风一吹门就"砰"地开了，阵阵冷风在房间里盘旋。

"我在受罪，"波洛自怜自艾地喃喃自语，"是的，我在受罪。"

门突然开了，风卷裹着萨摩海斯太太进来。她环顾房间，冲远处什么人大喊一声"什么"，然后又出门去了。

萨摩海斯太太一头红发，有一张长着雀斑的、迷人的脸，她总是忙个不停，不是在放东西，就是在找东西。

波洛跳起身把门关上。

片刻之后,门又开了,萨摩海斯太太又出现了。这次,她端着一个大陶盆和一把刀。

有个男人的声音在远处喊道:

"莫林,那只猫又病了。我该怎么办?"

萨摩海斯太太喊道:"我来了,亲爱的。坚持住。"

她把盆和刀往地下一丢又走了出去。

波洛再次起身关上了门。他说:

"没错,我在受罪。"

一辆汽车开来,大狗从椅子上一跃而起,声嘶力竭地狂吠着。它跳上窗边的一张小桌子,桌子哗啦一声倒了。

"总之,"波洛说,"这令人无法忍受!"

门突然又开了,风在房间里打转,狗冲了出去,还在叫个不停。莫林的声音传来,越来越响亮。

"约翰尼,你干吗把后门开着!那些该死的母鸡都跑到储藏室里去了。"

"就这样的住宿条件,"波洛感慨道,"我竟然还需要每周付他们七个几尼[①]!"

门"砰"的一声重重地关上了。透过窗户传来母鸡愤怒响亮的咯咯叫声。

然后,门又开了,莫林·萨摩海斯走了进来,高兴地大叫一声扑向地上的陶盆。

"我想不起来把它放哪儿了。呃,嗯,这位先生,你介不介意我在这儿剥豆子,不会打扰你吧?厨房里的气味太难闻了。"

"夫人,我不胜欢迎。"

---

①英国的旧金币。——译者注

这话也许有点言过其实,不过也差不多。这是二十四小时以来,波洛第一次和人有六秒钟以上交谈的机会。

萨摩海斯太太一屁股坐到椅子里,干劲十足地剥起豆子来,动作却十分生疏。

"我真的希望,"她说,"你不要觉得不舒服,如果有哪里需要改进的,请尽管说。"

波洛早就觉得,这个长草地旅馆唯一还能忍受的就是这位女主人。

"你太客气了,夫人,"他礼貌地回答,"我只希望我有本事帮你找到合适的用人。"

"用人!"萨摩海斯太太尖叫道,"那可是奢望!现在连个短工都找不到。我们这儿最好的帮佣被谋杀了。我的运气不好。"

"你说的是麦金蒂太太吧。"波洛连忙说。

"正是麦金蒂太太。天啊,我真想念那个女人!当然了,这件事在当时可轰动了。可以说这是我们这儿第一次发生谋杀案,不过正如我对约翰尼说的,这对我们来说糟透了。没有麦金蒂太太,我真的应付不来。"

"你喜欢她吗?"

"亲爱的先生,她是个可靠的人。她每周一下午和周四上午来,像时钟一样准时。不像我现在请的这个叫波普的女人,住在车站附近的,有五个孩子一个丈夫,自然从来没准时过。不是丈夫有问题,就是老母亲或是孩子生病了之类的理由。而换作老麦金蒂太太,最多也就是她自己生个病,而且她几乎从没病过。"

"你觉得她一向可靠诚实吗?你很信任她?"

"哦,她从来不会偷东西,甚至连吃的都不会拿。当然,她有点爱打探消息,会偷看别人的信件之类的。但这也是可以理解的。我的意思是,她们过着这种枯燥乏味的生活,总得找点消遣不是吗?"

"麦金蒂太太的日子过得枯燥乏味吗?"

"我认为糟透了,"萨摩海斯太太含糊地说,"总是跪在地上擦洗地板。每天一大早到了人家家里,就是成堆的脏衣服堆在水槽里等着她清洗。如果我每天像她这样过日子,我宁可被人杀掉。真的。"

萨摩海斯少校的脸出现在窗口。萨摩海斯太太蹦起来,豆子撒了一地,她冲到窗口,把窗子开到最大。

"那该死的狗又把母鸡的饲料吃掉了,莫林。"

"哦,该死,它会生病的!"

"看这儿,"约翰·萨摩海斯举着一个装满蔬菜的滤锅,"这些菠菜够不够?"

"当然不够。"

"看起来很多啊。"

"煮熟了大概只有一茶匙。难道你现在还不明白菠菜是怎么回事吗?"

"我的天!"

"鱼送来了?"

"影子都没有。"

"见鬼,我们不得不开一个罐头了。你去开吧,约翰尼。到角橱里的罐头中拿一个。就是我们觉得有点鼓起的那一个。我想应该没问题。"

"菠菜怎么办?"

"我去弄。"

她从窗子跳出去,夫妻俩一起走开了。

"混账东西!"波洛说。他穿过房间走到窗边,用尽全力想把窗户关小一点。萨摩海斯少校的声音从风中传来。

"新来的这个家伙是什么人,莫林?我怎么觉得他看起来有点怪怪的。他叫什么名字来着?"

"我刚才和他说话的时候也想不起他的名字。只好说呃,先生。波洛,我想起来了,应该是这个。他是法国人。"

"你知道吗,莫林,我好像在哪儿见过这个名字。"

"也许是家庭理发店吧。他看起来像一个理发师。"

波洛打了个寒噤。

"不,不,也许是个泡菜的牌子。我不知道。我敢肯定,这名字很熟悉。最好早点跟他要首期的七几尼,越快越好。"

声音渐渐远去了。

波洛从地上捡起他们撒了一地的豆子。正当他刚捡完豆子,萨摩海斯太太穿过门又进来了。

他客客气气地把豆子递给她:

"给你,夫人。"

"哦,太谢谢了。我说,这些豆子看起来有点发黑。你知道的,我们把它们放在缸里用盐腌起来保鲜。但这些好像没放好。恐怕它们不会很可口。"

"我也这么担心……你允许我把门关上吧?这里通风太好了。"

"哦,是的,请便。我老是忘了关门。"

"我已经注意到了。"

"反正这门永远也关不上。这所房子实际上已经破烂不堪了。约翰尼的父母以前住在这里,他们很穷,可怜的老人家,他们从来没有修过屋子。后来我们从印度回来住在这里,也没钱做任何修理。不过,孩子们假期住这里还真有趣,有很多房间可以乱跑。还有花园和其他一切。接收一些付费的客人使我们勉强能够支撑下去，不过我必须说，我们已经受了一些打击。"

"眼下我是你们的唯一的客人吧？"

"楼上还有一位老太太。她来的第一天就卧床不起，一直到今天都这样。不过我看不出她哪里生病。但她就那样，我每天送四托盘食物给她。她的胃口可没一点问题。不管怎样，她明天就要去一个侄女还是什么人那儿了。"

萨摩海斯太太歇了口气，才用稍微有点造作的口气说：

"送鱼的人应该马上到了。不知道你是否介意，呃，先交第一个星期的房租。你打算住一个星期的，是吗？"

"也许更久。"

"很抱歉麻烦你。但我家里没有现金，你知道这些人都是这样的，总是催你给钱。"

"请不用道歉，夫人。"

波洛掏出七张一英镑的钞票，并且加了七先令。萨摩海斯太太贪婪地把这些钱拢到一起。

"非常感谢。"

"夫人，也许我应该多告诉你一点关于我自己的事。我是赫尔克里·波洛。"

这样的提示让萨摩海斯太太丝毫不为所动。

"多么可爱的名字，"她善解人意地说，"希腊名，是不是？"

"你可能知道，"波洛说，"我是一个侦探。"他拍了拍自己的胸口。"也许是当今最有名的侦探。"

萨摩海斯太太好笑地尖叫一声。

"我看你真会开玩笑，波洛先生。你调查什么呢？烟灰和脚印？"

"我在调查麦金蒂太太的谋杀案,"波洛说,"我没开玩笑。"

"哎哟,"萨摩海斯太太说,"我切到手了。"

她举起一个手指查看。

然后,她盯着波洛。

"听着,"她说。"你是说真的吗?我的意思是,这桩案子已经结束了,一切都结束了。他们逮捕了那个租住在那里的可怜的傻瓜,他受了审定了罪,都了结了。说不定现在他都已经被吊死了。"

"不,夫人,"波洛说,"他还没有被吊死。而且这事还没'了结'——麦金蒂太太的案子。我想借用你们一位诗人的一句诗提醒你,'问题若非正确地解决,就永远不算解决。'"

"噢噢,"萨摩海斯太太说,注意力从波洛转移到腿上的盆,"我的血流到豆子上了。这可不太好,我们要拿来做午饭的。不过没什么关系,反正要下水煮。东西只要煮开了就没事,对不对?即使罐头也一样。"

"我觉得,"波洛静静地说,"午饭我不能在这里吃。"

第五章

"我不知道,真的。"伯奇太太说。

这句话她已经说了三遍了。她对于留着黑胡子,穿着裘皮衬里大衣,一副外国派头的绅士天生地不信任,这是不容易克服的。

"真是太烦人了,"她接着说,"可怜的姑姑被人杀害了,警方和所有这些人找上门来。到处乱闯,东翻西找,问这问那。邻居们都传得沸沸扬扬。我一开始以为我们会永远忘不了这事了呢。而我婆婆更是讨厌透顶,她不停地说,她家从来没有发生过这种事。嚷嚷'可怜的乔'什么的。怎么不可怜可怜我呢?死的是我的姑姑,不是吗?不过说真的,我觉得这一切现在都结束了。"

"假如詹姆斯·本特利是无辜的呢?"

"胡说,"伯奇太太厉声说,"他当然不是无辜的。就是他干的。我从来就不喜欢他那副样子。总是自言自语。我跟姑姑说过:'你不应该让这样一个人住在家里。说不定什么时候会发疯。'但她说,他很安静,乐于助人,也不会给人添麻烦。还说他不喝酒,甚至不吸烟。好了,现在她知道了吧,可怜的姑姑。"

波洛若有所思地看着她。她是个大块头的丰满女人,有着健康的肤色和乖巧的嘴。小屋子收拾得整洁干净,家具光可鉴人。

厨房的方向飘来淡淡的令人胃口大开的香味。

她是个好妻子，会把房子收拾得干干净净，肯花心思给她的男人做饭。他对她的付出表示认可。她偏见，固执，但又有何不可呢？很显然，难以想象她会是那种对自己的姑姑举起剁肉刀，或纵容丈夫这么做的女人。斯彭斯认为她不是那样的女人，尽管令人颇为无奈，波洛同意他的看法。斯彭斯已经调查过伯奇夫妇的财务状况，没有发现谋杀动机，而斯彭斯是一个办事非常周到的人。

他叹了口气，继续他的任务，打消伯奇太太对外国人的疑虑。他把谈话带离谋杀案本身，而把重点放在受害者身上。他问起"可怜的姑姑"的情况，她的健康，她的习惯，她喜欢的食品和饮料，她的政治态度，她已故的丈夫，她对生活、性、犯罪、宗教、儿童、动物等的看法。

他不知道这些不相干的事情有没有什么用处，他是在大海里捞针。但是，他顺便也了解了一些贝茜·伯奇的事情。

贝茜对她的姑姑并不十分了解。只是因为血缘关系，彼此以礼相待，但并不算亲密。来往也不频繁，大约每一个月左右，她和乔会在星期天去看望姑姑，一起吃个午饭，而姑姑来看他们就更少了。他们圣诞节互送礼物。他们知道姑姑有点小积蓄，她死后会留给他们。

"但是，这并不表示我们需要这笔钱，"伯奇太太红着脸解释，"我们自己也存了一些钱。而且我们好好地安葬了她，丧事办得很体面。鲜花和所需的一切排场都有。"

姑姑一直喜欢编织。她不喜欢狗，嫌它们总是把房子弄得一团糟，但她曾经养过一只猫——一只姜黄色的猫。后来它走丢了，她就没有再养。不过邮局的女人打算送她一只小猫。她的家收拾得非常整洁,她不喜欢乱扔杂物,每天擦亮铜器,冲洗厨房的地板。她出去帮人做事,收入相当不错。在霍姆里的卡朋特先生家干活每小时的收入是一先令十便士到两先令。卡朋特先生是办工厂的,家里有的是钱。他们想让姑姑每周多去几天,但姑姑在给卡朋特先生家干活之前一直在其他几位太太家干活,她不愿意让她们失望,觉得这么做不应该。

波洛提起长草地旅馆的萨摩海斯太太。

哦,是的,姑姑之前的确帮她干活,每周两天。他们是从印度回来的,在那儿他们雇的都是当地的土著仆人,萨摩海斯太太根本不懂得管家。他们想种点经济作物来卖,但又对园艺一窍不通。孩子们放假一回家,房子里就乱成一团。不过萨摩海斯太太是个好人,姑姑很喜欢她。

被害人的肖像就这样渐渐成形了。麦金蒂太太编织,擦洗地板,抛光铜器。她喜欢猫,不喜欢狗。她喜欢孩子,但不是很着迷。她喜欢独来独往。

她星期天都会去教堂,但不参加任何教会的活动。有时,不过极偶尔,她会去看场电影。她不赞成不道德的行为——曾经因为发现一位艺术家和他的妻子不是正式的婚姻关系,她就辞职不在他们家干活了。她不看书,但喜欢看星期天的报纸。她很喜欢雇主太太们送她的旧杂志。她虽然电影看得不多,但对电影明星和他们的一举一动很感兴趣。她对政治不感兴趣,但像她丈夫那样一直投票给保守党。她很少花钱买衣服,但雇主们送了她很多,这让她省了不少钱。

麦金蒂太太,事实上,正是波洛想象中麦金蒂太太的样子。贝茜·伯奇,她的侄女,也一如斯彭斯警监笔记上记录的贝茜·伯奇那样。

波洛离开之前，乔·伯奇回家吃午饭了。他是个身材矮小、看起来很精明的人，不像他的妻子那样放松，他的态度显得有一点点紧张。不过他比妻子少一些怀疑和敌意。事实上，他似乎急于要显示配合的态度。这一点，波洛觉得，并不算太失常。乔·伯奇为什么要急于安抚一个胡搅蛮缠的外国陌生人呢？究其原因只能是那个陌生人随身带着一封郡警察局斯彭斯警监的介绍信。

那么乔·伯奇急于要和警察站在统一战线了？是不是因为他不像他的妻子那样，经得起警察的调查？

这个男人，也许，是良心不安。为什么会良心不安？理由可能有很多——可能都与麦金蒂太太的死无关。抑或是，去看电影的不在场证明是巧妙伪造的，正是这个乔·伯奇敲了小屋的门，被姑姑请进屋内，袭击了不知情的老妇人。他可以拉出抽屉，洗劫房间，弄成抢劫的样子；他可以把钱藏到屋外，狡猾地栽赃给詹姆斯·本特利。而他的目的是存在银行里的那笔钱。这样一来，两百镑就到了他妻子的手中，他可能出于某种不明的原因，迫切需要这笔钱。波洛想起凶器一直没找到。为什么不把凶器留在犯罪现场呢？白痴也知道可以戴手套或擦掉指纹。凶器一定是有着锋利边缘的重物。为什么要带走那样一把凶器呢？是不是因为很容易就能看出是属于伯奇家的呢？那把凶器，是不是就在现在这个屋子里被清洗抛光呢？法医说过，凶器是一把类似剁肉刀的东西——但不是真正的剁肉刀。那个东西，也许是有点不寻常……有点与众不同，很容易识别。警方一直在找它，但没有找到。他们搜遍了树林，抽干了池塘。麦金蒂太太的厨房没有丢失任何东西，也没人举报詹姆斯·本特利拥有那样的东西。警方查不到他买过剁肉刀这类东西的线索。这是对他有利的一件小事。

但和其他证据相比就微不足道了。不过仍然是一个关键点……

波洛快速地扫描了一圈他正置身其间的拥挤的小客厅。

凶器在这儿吗,在这所房子的某个地方?是因为这个原因乔·伯奇才忧心忡忡,讨好卖乖吗?

波洛不知道。他并不真的这么认为。他没有绝对的把握……

第六章

1

在布瑞瑟与史考特事务所，波洛被一番盘问后，才被带进史考特先生的办公室。

史考特先生是个活泼健谈的人，态度十分热诚。

"早上好。早上好。"他搓着手，"我能为你做些什么？"

他以职业的眼光打量着波洛，试图弄清他的身份，列出一条条旁注。

外国人。衣服质地很好。大概有钱。餐厅老板？酒店经理？电影明星？

"我希望不会占用你过多的时间。我想和你谈谈你以前的雇员，詹姆斯·本特利。"

史考特先生富有表现力的眉毛扬起足有一英寸高，又降了下来。

"詹姆斯·本特利。詹姆斯·本特利？"他突然问，"你是记者？"

"不是。"

"你不会是警察吧？"

"不是。至少——不是这个国家的。"

"不是这个国家的。"史考特先生立即把这个信息存到大脑，以备将来参考，"那是怎么回事？"

波洛从来不忌于撒谎，张口即说：

"我正在深入调查詹姆斯·本特利一案——应他的某些亲戚要求。"

"我不知道他有亲戚。无论如何，你知道的，他被判有罪，而且判了死刑。"

"但尚未执行。"

"只要活着，就有希望，是吗？"史考特先生摇摇头，"不过我对此表示怀疑。证据太强有力了。他的这些亲戚是谁？"

"我只能告诉你他们都是有钱有势的人。非常富有。"

"这真让我吃惊。"史考特先生禁不住口气软了下来，"非常富有"这个词有着致命的吸引力和催眠效果。"是的，真让我吃惊。"

"本特利的母亲，已故的本特利太太，"波洛解释说，"让自己和儿子与她的家人完全断绝了联系。"

"豪门恩怨，是吗？好吧，好吧。年轻的本特利穷得叮当响。可惜这些亲戚没有早些出手相救。"

"他们刚刚得知此事，"波洛解释说，"委托我尽速赶来贵国，尽一切可能挽救他。"

史考特先生向后一靠，公事公办的态度缓和了许多。

"我不知道你可以做些什么。我猜以精神错乱为由？这么做有点晚了——不过如果你能请到名医作证的话也许可行。当然我自己对这些事情也不太懂。"

波洛向前倾了倾身。

"先生，詹姆斯·本特利曾在这里工作。你可以跟我说说他的情况。"

"没多少可讲的,我对他知之甚少。他只是我们的一个低级职员。我对他没什么不好的印象。看起来是个正派的小伙子,勤勤恳恳。但完全不懂推销,一个项目也做不好,不适合干我们这行。如果一个客户找我们想卖房子,我们就帮他卖掉;如果一个客户想买房子,我们就帮他找一间。如果一所房子位于人迹罕至的地方,又没有良好的设施,我们就强调它历史悠久,称之为时代的杰作——而不提它的水暖设施!如果一所房子正对着煤气厂,我们大谈特谈它的优良设施,而不提它的周围景观。撺掇你的客户买下它——这就是我们要做的。需要各种小伎俩。'我们建议你尽快出价,夫人。有位国会议员对它也非常感兴趣——真的非常感兴趣。今天下午他还要再来看看。'他们每次都会上钩——国会议员永远是最佳借口。真不明白为什么!哪有国会议员会住在远离他的选区的地方。只是听起来比较令人信服而已。"他突然大笑起来,露出亮闪闪的假牙,"心理学,就是这么回事,只是心理学。"

波洛抓住了这个字眼。

"心理学。你说得对极了。我看你是个有判断力的人。"

"还不赖,还不赖。"史考特先生谦虚地说。

"所以我要再问你,你对詹姆斯·本特利的印象如何?只是我们俩私下说说,绝对是私下说说,你觉得是他杀了老妇人吗?"

史考特瞪大了眼睛。

"当然。"

"那么你也认为这像是他会做的事吗?从心理学上来看?"

"嗯,如果你这样问的话,不,我觉得不是。我认为他应该没这个胆量。如果你问我,告诉你,他有点疯疯癫癫的。如果这样看的话，也就说得通了。他的脑袋有点不好使，失业加上焦虑，担心这担心那，他已经处在崩溃的边缘了。"

"你解雇他没有什么特别的原因吗？"

史考特摇了摇头。

"今年生意不景气。职员没事可干。我们只好解雇干得最差的一个。就是本特利。我想这是迟早的事。我给他写了一封很好的推荐信。但他没有找到新工作。他无精打采的，给人的印象不好。"

最后总是归结到这一点，波洛离开办公室的时候心想。詹姆斯·本特利给人的印象不好。想起他认识的许多杀人凶手大部分都是充满魅力的人，他心里稍感安慰。

2

"打扰了，你介意我坐下来和你聊一聊吗？"

波洛坐在蓝猫咖啡馆的一张小桌子旁，正在研究菜单，闻言吃惊地抬头。蓝猫咖啡馆里光线很暗，橡木和铅质的窗格营造出古香古色的格调，但刚刚坐到他对面的年轻女人，在昏暗背景的衬托下，却显得格外耀眼夺目。

她有一头金发，穿着一件亮蓝色的夹克衫。不仅如此，赫尔克里·波洛觉得他不久之前在什么地方见过她。

她接着说：

"是这么回事，我无意间听到你对史考特先生说的话。"

波洛点点头。他当时就注意到，布瑞瑟与史考特事务所办公室的隔断只是为了方便，而不是为了保护隐私。这点他并不担心，因为他本来就想要这事传扬开来。

"你就坐在后面窗户的右侧打字。"他说。

她点点头,笑的时候露出洁白的牙齿。她是一个非常健康的年轻姑娘,身材丰满,正是波洛欣赏的类型。他推断她三十三四岁,原本头发应该是黑色的,但不愿以原貌示人。

"是关于本特利先生。"她说。

"关于本特利先生什么事?"

"他打算上诉吗?这是否意味着有新的证据?哦,我真高兴。我无法,只是无法相信他会那么做。"

波洛的眉毛往上一扬。

"这么说你从不认为是他干的。"他慢慢地说。

"嗯,一开始不信。我以为这一定是弄错了。可是后来证据——"她停了下来。

"是的,证据。"波洛说。

"看起来似乎没有别人会那么干。我想也许他那会儿有点疯了吧。"

"你觉得他是不是有点,我该怎么形容呢,古怪吗?"

"哦,不是的。不是那种古怪。他只是和别人一样害羞和笨拙。事实是,他并没有表现出最好的自己。他缺乏自信。"

波洛看着她。她当然是个有自信的人,或许抵得上两个人的份儿。

"你喜欢他?"他问。

她脸红了。

"是的,我喜欢他。艾米,我们办公室里的另一个女孩,常常取笑他,叫他'讨厌鬼',但我非常喜欢他。他斯文有礼,而且懂得很多。我是指书上的东西。"

"啊,是的,书上的东西。"

"他很想念他的母亲。她病了很多年了。其实，她不算真的生病，就是身体虚弱。他无微不至地照顾着她。"

波洛点点头。他了解这些母亲。

"当然，她也照顾他。我的意思是她会关心他的健康，冬天注意肺部问题，还有衣食住行这些事。"

波洛又点点头。他问：

"你和他是朋友吗？"

"我不知道，不算是吧。我们偶尔会聊聊天。但自从他离开这里，他……我……我就很少看到他了。我曾经给他写过一封信，但他没有给我回信。"

波洛轻轻地说：

"可是你喜欢他吧？"

她大胆地说：

"是的，我喜欢……"

"那太好了。"波洛说。

他的思绪转到他去探望死刑犯那天的情形。他清清楚楚地记得詹姆斯·本特利的样子。鼠灰色的头发，瘦削的身材，手指和手腕的关节粗大，细长的脖子上喉结突出。他的目光鬼鬼祟祟，尴尬，又像是害羞。不爽快，不可靠，是个奸诈、狡猾的家伙，说话粗鲁无礼，咕咕哝哝……这是詹姆斯·本特利给大多数人的印象，也正是他在法庭上给人的印象，是那种会撒谎，会偷钱，会敲烂老妇人的头的家伙……

但是斯彭斯警监，一个深谙人性的人，并没有得出这样的印象。波洛也没有。现在又有这个姑娘出来表态。

"你叫什么名字，小姐？"他问。

"莫德·威廉姆斯。有什么我可以做的？有我可以帮忙的事吗？"

"我想有的。威廉姆斯小姐，还有一些人相信詹姆斯·本特利是无辜的。他们正在努力证明这一事实。我是负责调查的人，我可以告诉你，我已经取得了相当大的进展，是的，相当大的进展。"

他撒这个谎毫不脸红。在他看来，这是一个非常必要的谎言。一定什么地方有什么人会觉得不安。莫德·威廉姆斯会把话传出去，这些话就像往池塘里扔石头，会激起层层涟漪……

"你说你和詹姆斯·本特利聊过天。他和你说过他的母亲以及他的家庭生活。他有没有提过什么与他或者与他的母亲不和的人？"

莫德·威廉姆斯想了想。

"没有，没有你所谓的不和。我猜他的母亲不怎么喜欢年轻姑娘。"

"有孝顺儿子的母亲从来都不会喜欢年轻姑娘。不，我的意思不止于此。有没有家族世仇，有没有仇人，有没有人对他们怀恨在心？"

她摇摇头。

"他从来没有提到那种事。"

"他有没有说起他的房东，麦金蒂太太？"

她微微一颤。

"没指名道姓。他有一次说她老是给他吃腌鱼，还有一次说他的女房东很不高兴，因为她的猫丢了。"

"他有没有——请你一定要说实话，提到他知道她藏钱的地方？"

女孩有些花容失色，但她还是勇敢地抬起了下巴。

"其实，他提到了。我们当时说起有些人不信任银行——他说他的房东老太太总是把她的钱藏在地板下面。他说：'哪天她不在家，我就可以拿走。'并不像开玩笑，他不是在开玩笑，倒像是他为她的粗心大意感到担心。"

"啊，"波洛说，"那很好。我的意思是，从我的角度来看。詹姆斯·本特利想到偷钱，是背着人偷偷做的行为。你瞧，他可能还说过，'哪天有人会为此敲烂她的脑袋吧'。"

"但不管怎么样，他并不是真的想那么做。"

"噢，不是。但说话，不管是多么轻松的闲话，都不可避免地会暴露你是什么样的人。聪明的罪犯绝不会轻易开口，但罪犯很少是聪明的，他们通常虚荣自负，夸夸其谈，所以大多数罪犯都被抓住了。"

莫德·威廉姆斯突然说：

"但肯定有人杀了那位老太太。"

"那是自然。"

"谁干的？你知道吗？你有头绪了吗？"

"是的，"波洛撒谎说，"我认为我已经有思路了。不过我们才刚刚起步。"

女孩看了看手表。

"我必须回去了。我们只有半小时的时间。吉尔切斯特是个小地方，我以前一直在伦敦上班。如果有什么我可以做的，请你告诉我，我是说真的。"

波洛拿出自己的一张名片，在上面写了长草地旅馆和电话号码。

"这是我现在住的地方。"

他懊恼地发现，他的名字没有给她留下什么特别的印象。他不禁感叹，年轻一代太缺乏对名人的了解了。

3

赫尔克里·波洛搭公共汽车回到布罗德欣尼，心情稍微愉快了一些。无论如何，还有一个人和他一样相信詹姆斯·本特利是无辜的。本特利并不像他自己以为的那么孤独。

他的思绪再次回到在监狱探访本特利时的情形。那是一次多么令人沮丧的会面啊，看不到任何希望，甚至提不起一点兴趣。

"谢谢你，"本特利干巴巴地说，"但我想谁都没办法了。"

不，他确信他没有仇人。

"人们几乎都没留意你的存在，你不可能会有仇人的。"

"你母亲呢？她有没有仇人？"

"当然没有。每个人都喜欢她，尊敬她。"

他的语气有些愤慨。

"那你的朋友呢？"

詹姆斯·本特利说，确切地说他是在喃喃自语，"我没有朋友……"

但这话不完全正确。因为莫德·威廉姆斯就是一个朋友。

"这是大自然多么美妙的造化啊，"波洛心想，"一个男人，无论多么没有魅力，总能得到某个女人的青睐。"

他敏锐地猜测，威廉姆斯小姐尽管外表性感，其实是个很有母性的人。

她拥有詹姆斯·本特利所缺乏的那些品质：活力、干劲、抗压力、争取成功的魄力。

他叹了口气。

今天他撒了多少谎！没关系，那些都是必要的。

波洛自言自语地说，一口气混合了很多的比喻："大海的某处藏着一根针，草丛里藏着蛇，我必须要打草惊蛇，哪怕无的放矢，也总有一支会射中目标！"

第七章

1

麦金蒂太太的房子离公共汽车站仅有几步路。两个孩子正在家门口玩。一个在吃生虫的苹果,另一个在大喊大叫,用一个锡盘敲打着房门。他们看上去很高兴。

波洛也用力地敲门,使得噪音更吵了。

一个女人从屋角探出头来看了看。她穿着一件彩色罩衫,头发凌乱。

"住手,厄尼。"她说。

"才不。"厄尼说,继续敲打着。

波洛离开门口,走到屋角。

"拿小孩一点办法都没有,对吗?"女人说。

波洛想说你应该有办法的,但他忍住了没说出来。

女人向他指了指后门。

"我把前门闩上了,先生。进来吧,请吧。"

波洛经过一间脏兮兮的洗涤室,来到一间更脏的厨房。

"她不是在这里被杀的,"女人说,"是在客厅里。"

波洛眨了眨眼。

"你来就是为了调查这个事的,是不是?你是住在萨摩海斯家的外国绅士吧?"

"这么说你知道我的事?"波洛说。他微微一笑。"是的,的确,你是——"

"基德尔。我的丈夫是泥瓦匠。我们是四个月前搬到这儿来的。以前一直和伯特的母亲一起住……有些人说:'你们千万不要搬进发生过凶杀案的房子里住。'——但要我说,房子就是房子,总比住客厅、睡在两张椅子搭的床上好吧。房荒太可怕了,是不是?反正我们在这儿从来没有受到打扰。都说被谋杀的冤魂会在房子里游荡,但她没有!你想看看出事的地点吗?"

波洛感觉像游客在导游的带领下参观,他点头表示同意。

基德尔太太把他领到一个小房间,房间里摆着詹姆士一世时期的笨重家具。和房子的其余部分不同,这间屋子好像没人住过。

"她躺在地板上,后脑勺都被敲裂了。埃利奥特太太吓坏了。她是第一个发现尸体的人——她和合作社卖面包的拉金一起。但是,钱是在楼上被拿走的。到楼上来,我告诉你在哪里。"

基德尔太太带头上楼梯,他们走进一间卧室,里面摆着一张大五斗柜、一张大铜床,几张椅子,晾着好几套婴儿的衣服,有干的,有湿的。

"就在这儿。"基德尔太太得意地说。

波洛环顾四周。很难想象这个杂乱无章如战场一样的地方曾经是爱好整洁的老妇人精心打理、引以为傲的房子。麦金蒂太太生前就在此居住和睡觉。

"我想这些不是她的家具吧?"

"哦,不是。她住在卡拉文的侄女把所有东西都搬走了。"

这里已经没有任何麦金蒂太太的东西了。基德尔一家搬来,征服了一切。生命总是比死亡更强大。

楼下传来婴儿的响亮哭声。

"宝宝醒了。"基德尔太太毫无必要地解释道。

她冲下楼梯，波洛跟在她后面。

这里没什么可查的了。

他去了隔壁。

2

"是的，先生，是我发现她的尸体。"

埃利奥特太太的举止有些夸张。这是一所整洁的房子，整洁而呆板。其间唯一生动的就是埃利奥特太太，她是一位高高瘦瘦的黑发女人，一提起她生活中那激动人心的一刻就眉飞色舞。

"拉金，就是那个面包师，他走过来敲我家的门。'是麦金蒂太太，'他说，'我们怎么敲门都没回应。她可能生病了。'事实上我也这么认为。她毕竟不年轻了。据我所知，她还有心悸的毛病。我想她可能是中风了。于是，我赶紧去她家，看到那里只有他们两个男人，自然他们不方便进卧室。"

波洛嘟哝着对这种守礼的举动表示了赞赏。

"我匆忙上楼。他站在楼梯口，脸色苍白，面如死灰。当然，那时候我根本没想到，我不知道发生了什么事。我用力地敲了敲门，没有人答应，所以我转动门把手，打开门进去了。房间里乱成一团，地板也掀起来了。'是抢劫，'我说，'不过可怜的老太太哪儿去了？'然后我们才想到去客厅看看。她就在那儿……躺在地板上，脑袋开花！我一看就知道是怎么回事，是谋杀！不可能是别的！抢劫杀人！竟然发生在布罗德欣尼。我拼命叫啊叫！

他们费了好大劲才劝住我。我真的吓昏过去了。他们不得不去三鸭酒店给我弄了白兰地。即使这样，我还是抖了好几个小时。'别这么激动了，大妈，'那警察来的时候对我说，'别这么激动。回家给自己泡杯茶喝。'我照他说的做了。当埃利奥特回家的时候，他盯着我说：'怎么啦，出什么事了？'因为我还在浑身发抖。我还是个孩子的时候就特别敏感。"

波洛巧妙地打断了这场惊心动魄的故事。

"是的，是的，我看得出来。那么你最后一次看到可怜的麦金蒂太太是什么时候？"

"应该是出事前一天，她到后花园摘了一点薄荷。我正在喂鸡。"

"她有没有和你说什么？"

"只道了午安，以及问鸡下蛋是不是多了一些。"

"这就是你最后一次见她吗？她死的那天你有没有见过她？"

"没有。不过我看到他了。"埃利奥特太太压低了声音说。"大概在上午十一点左右。就是沿着大路走。像他平时那样拖着脚走路。"

波洛等着，但她似乎没有什么要补充的。

他问：

"警察逮捕他的时候，你觉得意外吗？"

"嗯，我是觉得有些意外，但也不算太意外。你要知道，我一直觉得他有点疯疯癫癫的。毫无疑问，这些人有时会突然发狂。我叔叔有个低能的儿子，他有时就会狂性大作，我是说他长大后。不知道自己的力气有多大。是的，本特利就是一个疯疯癫癫的人，如果最后他们没有吊死他，而是把他送到疯人院，我是不会感到吃惊的。为什么，你看看他把钱藏到哪儿了。没有人会把钱藏在那样的地方，除非他想被人发现。真是愚蠢，头脑简单，他就是那样。"

"除非他想被人发现，"波洛喃喃地说，"你有没有丢过剁肉刀或者斧头？"

"没有，先生，我没有。警察问过我这个问题。问过我们这儿的所有人。他到底用什么凶器杀了她还是一个谜。"

3

波洛朝邮局走去。

凶手想让钱被发现，但他不想让凶器被发现。因为这笔钱将把矛头指向詹姆斯·本特利，那么凶器会指向谁？

他摇了摇头，然后拜访了其他两户邻居。他们没有基德尔太太那么兴致勃勃，也没有埃利奥特太太那么夸张。他们实事求是地说，麦金蒂太太是个受人尊敬的人。她不爱交际，有个侄女住在卡拉文。除了侄女，平时没有别人来探望她，据他们了解，没有人不喜欢她或对她怀恨在心。是不是真的有人为詹姆斯·本特利起草了一份请愿书，会要求他们签名吗？

"我一无所获，一无所获，"波洛自言自语道，"什么都没有，一点线索都没有。我现在能理解斯彭斯警监的绝望了。但我应该不同才是。斯彭斯警监是一个认真敬业的好警察，但我，我是赫尔克里·波洛啊。对我来说，应该能发现一线生机！"

他的一只漆皮鞋踩进了一处水坑。他缩回了脚。

他是伟大的、独一无二的波洛，但他也是一位老人，而他的鞋子太紧了。

他进了邮局。

右边是皇家邮政业务的区域。左边则陈列着琳琅满目的商品,包括糖果、杂货、玩具、五金、文具、生日贺卡、毛线、儿童内衣等。

波洛慢悠悠地走上前要买邮票。

上前来招呼他的中年妇女有着一双锐利而明亮的眼睛。

波洛自言自语道:"这儿应是布罗德欣尼的中心。"

她的名字恰如其分,叫斯威特曼,意即"甜心"。

"十二便士,"斯威特曼太太说着,麻利地从一个大本上撕下邮票,"一共是四先令十便士。还需要别的吗,先生?"

她明亮又热切的眼睛盯着他。门后露出一个女孩的头,显然在如饥似渴地偷听。她的头发凌乱,好像还感冒了。

"我在这里人生地不熟。"波洛一本正经地说。

"是的,先生,"斯威特曼太太说,"你从伦敦来的,是不是?"

"我想你很清楚我来此地的目的。"波洛微笑着说。

"哦,不,先生,我真的不知道。"斯威特曼太太敷衍道。

"麦金蒂太太。"波洛说。

斯威特曼太太摇了摇头。

"这是一场悲剧,一件令人震惊的惨剧。"

"我想你和她很熟吧?"

"哦,是的。应该说,我和布罗德欣尼的所有人一样和她相熟。她每次来这儿买些小东西的时候,总是会和我聊上一会儿。是的,真是一件可怕的悲剧。而且我听说,到现在都还没有结案。"

"目前还存在一些疑点,詹姆斯·本特利是否真的有罪。"

"好吧,"斯威特曼太太说,"这也不是警察第一次抓错人,虽然我不是指这个案子。我也没想到真的会是他。他是个害羞笨拙的家伙，但并不是什么危险的人。但是，谁也说不准，不是吗？"

波洛说还要买信纸。

"没问题，先生。请到另外一边，好吗？"

斯威特曼太太连忙来到左边柜台处。

"很难想象的是，如果不是本特利先生干的，那会是谁呢？"她说着伸手到最顶层的架子上去拿信纸和信封，"我们这儿有时也会来一些讨厌的流浪汉，也许他们中有人发现一扇窗子没关好，就进到屋里去了。但是，他不会把钱留下，对吗？杀人本来就是为了钱，一英镑的钞票上又没什么记号。给您，先生，这种蓝色的邦德信纸不错，信封也很配。"

波洛付了钱。

"麦金蒂太太有没有提过担心或害怕什么人吗？"他问。

"她没有跟我提过。她不是一个胆小的女人。她有时在卡朋特先生家做家务到很晚——就是在山顶上的霍姆雷庄。他们经常请人来吃饭，过夜，麦金蒂太太有时傍晚上去那里帮忙清洗打扫，就得摸黑下山，我可不敢这么做。天那么暗。还要独自下山。"

"你认识她的侄女伯奇太太吗？"

"只是说过话。她和她的丈夫有时会过来。"

"麦金蒂太太死后，他们继承了一点钱。"

犀利的黑眼睛严肃地望着他。

"嗯，这是自然的，是不是，先生？钱又带不走，留给自己的亲人是天经地义吧。"

"哦，是的，是的，我完全同意。麦金蒂太太喜欢她的侄女吗？"

"我认为很喜欢,先生。只是不那么外露。"

"那么她侄女的丈夫呢?"

斯威特曼太太的脸上现出回避的神色。

"据我所知也是的。"

"你最后一次见到麦金蒂太太是什么时候?"

斯威特曼太太想了想,回过神来。

"让我想想,是什么时候,埃德娜?"埃德娜站在门口,吸了吸鼻涕,帮不上忙。"是她死的那天吗?不,是前一天,还是再前一天?是的,是星期一。那就对了。她是星期三被杀的。是的,是星期一。她进来买了一瓶墨水。"

"她要买一瓶墨水?"

"大概要写信吧。"斯威特曼太太轻快地说。

"这似乎是可能的。那她和平常一样吗?有没有什么不寻常的地方?"

"没有,我没这么觉得。"

吸着鼻涕的埃德娜从门后出来,进到店里,突然加入了谈话。

"她那天不一样,"她断言,"好像为什么事开心,嗯,不算很开心,是兴奋。"

"也许你是对的,"斯威特曼太太说,"我当时没注意。但现在你这么一说,她的确有些快活。"

"你还记得她那天说了什么吗?"

"我通常是记不得这些事的。但因为她被杀,警察再三询问,印象就清晰了。她没有提起詹姆斯·本特利,这一点我敢肯定。谈了一点卡朋特家的事,还有厄普沃德夫人,都是她工作的地方。"

"哦，是的，我正想问你，她到底在哪些人家里帮佣。"

斯威特曼太太不假思索地回答：

"星期一和星期四她去长草地旅馆的萨摩海斯家。你就住在那里，对吗？"

"是的。"波洛叹了口气，"我想这儿没有别的地方可住的吧？"

"在布罗德欣尼是没有。我想你在长草地住得不是很舒服吧？萨摩海斯太太是个好姑娘，但她完全不会理家。这些从国外回来的小姐太太都是这样。麦金蒂太太常说，那里乱得可怕，有收拾不完的东西。是的，星期一下午和星期四上午给萨摩海斯太太帮忙，星期二上午在伦德尔医生家，下午在'金链花庄园'的厄普沃德太太家。星期三是'亨特庄'的韦瑟比太太家，星期五是谢尔柯克太太——她现在成了卡朋特太太了。厄普沃德太太是一位老夫人，和她的儿子住在一起。他们有一个女佣，但她还是个新手，麦金蒂太太每个星期去一次，大体上清理清理。韦瑟比夫妇请人似乎从来干不长，韦瑟比太太行动不便。卡朋特夫妇有一幢漂亮的房子，常常大宴宾客。他们都是非常好的人。"

听完对布罗德欣尼居民的评价，波洛又回到了街上。

他慢慢地走上小丘，向长草地旅馆走去。他由衷地希望，那些鼓起的罐头和沾了血的豆子已经被当作午餐吃掉了，没有留在晚餐招待他。但可能还有其他可疑的罐头。住在长草地旅馆的确有风险。

这一天，整体而言，是令人失望的一天。

他到底打听到了什么？

詹姆斯·本特利有一个朋友。无论他还是麦金蒂太太都没有任何仇人。麦金蒂太太在死前两天似乎很兴奋，买了一瓶墨水——

波洛突然停了下来……这不就是一个线索，一个小小的线索吗？

他当时随口问了一句，麦金蒂太太买一瓶墨水想要干什么，斯威特曼太太颇为慎重地回答，她认为她想写信……

此事别有深意，他差点忽略了它的意义，因为对于他来说，对于大多数人来说，写信是极其寻常的日常琐事。

但对于麦金蒂太太不一样。写信对麦金蒂太太是极不寻常的，以至于她还不得不特地去买了一瓶墨水。

麦金蒂太太几乎没有写过信。斯威特曼太太——这位邮政局长，是充分了解这一事实的。但是麦金蒂太太在她死前两天写了一封信。她写给谁，为什么？

这也许无关紧要。她可能写给她的侄女或者远方的朋友。为了一瓶墨水这样简单的东西而大费周章实在太荒谬了。

但是，这是他目前为止唯一的线索，他打算继续追查下去。

一瓶墨水……

第八章

1

"一封信？"贝茜·伯奇摇了摇头。"不，我没有收到姑姑的信。她写信给我做什么呢？"

波洛提示说："也许她有什么事情想告诉你。"

"姑姑不爱写信。她快七十岁了，你知道，她们那一辈年轻的时候没读过多少书。"

"但她能读会写吧？"

"哦，那当然。她不大爱看书，不过很喜欢看《世界新闻》和《星期日彗星报》。但是写信对她来说还是有些困难的。如果她有什么事要告诉我，例如让我们改天去看她，或者她不能如约到我们这里来，她通常会打电话给本森先生——就是住在我们隔壁的药剂师，他会转告我们。他真的非常热心。你瞧，我和姑姑在同一地区，所以电话费只用两便士。布罗德欣尼邮局就有电话亭。"

波洛点点头。他同意两便士的电话费比两便士半的邮费要实惠。他已经了解到麦金蒂太太是个会精打细算的人。他认为她一定很爱钱。

他轻声追问道：

"我想，你姑姑还是给你写过信的吧？"

"嗯，圣诞节会寄贺卡。"

"也许她在英国别的地方有朋友，她会给他们写信吗？"

"我不知道。她有个小姑子，但她两年前去世了，还有一位柏德利太太，但她也去世了。"

"所以，如果她写信给别人，很有可能是给别人的回信？"

贝茜·伯奇又有些迟疑不定。

"我不知道谁会写信给她，真的。"她的脸上露出了笑容，"当然了，还有政府。"

波洛同意在这个年代，贝茜笼统地称为"政府"的机构确实常常给老百姓寄一些公函，不算什么稀罕事。

"而且通常都是些无聊的事情，"伯奇太太说，"要填写表格，回答很多不应该向正经人提的不恰当的问题。"

"所以麦金蒂太太也许收到了一些政府的公函，必须要写信回复？"

"如果有的话，她会把信带给乔，让他帮忙吧。这些事会让她担惊受怕，她总是把它们带来给乔。"

"你记得她的个人财产中有没有什么信件吗？"

"我说不上来。我什么都不记得了。一开始都是警方接管的。后来过了不久，他们让我收拾她的东西，我才把那些带回来。"

"那些东西是怎么处理的？"

"那边那个箱子是她的，是上好的实心红木，还有一个衣柜在楼上，一些不错的厨房用品。其余的我们卖了，因为实在没地方放了。"

"我的意思是指她的私人物品。"他说："比如刷子，梳子，照片，毛巾，衣服之类的……"

"哦,这些啊。好吧,实话告诉你,我把它们装在一个手提箱里,还放在楼上。不知道要拿它们怎么办。我本来想把衣服带去圣诞集市卖掉的,但我忘了。在那些讨厌的二手服装店那里似乎卖不了好价钱。"

"或许——我能看一看箱子里的东西吗?"

"当然可以。不过我认为你找不到什么有用的东西。你知道的,警察早就检查过了。"

"哦,我知道。但是,我还是想看一看——"

伯奇太太轻快地领着他到后面的卧室,波洛判断这个房间主要用做家庭缝纫室。她从床底下拉出一只手提箱,说:

"喏,就在这儿,你能原谅我失陪一会儿吗,因为厨房里炖着东西呢。"

波洛谢过她,请她自便,就听见她咚咚地下楼了。他把手提箱拉到面前打开。

一股樟脑丸的味道扑鼻而来。

他心怀怜悯,一一清点里面的东西,这些东西如此鲜明地反映出死者是怎样的一个女人。一件已经相当旧的黑色大衣。两件羊毛套衫。一件外套和裙子。几双长筒袜。没有内衣(大概是贝茜·伯奇自己拿去穿了)。用报纸包起来的两双鞋。一把刷子和一把梳子,都已经用旧了,但很干净。一面银背凹纹的镜子。一张装在皮革相框里的照片,是婚纱照,三十年前的风格打扮——大概是麦金蒂太太和她丈夫的照片。两张马盖特的风景明信片。一只瓷狗。一张从报纸上剪下来的制作西葫芦酱的配方。另一张剪报是关于"飞碟"的轰动报道。第三张剪报是关于希普顿大妈的预言。此外还有一本《圣经》和一本祷告书。

没有手提包或手套。想必贝茜·伯奇拿走自己用或送人了。

而这些衣服，波洛判断，对丰满的贝茜来说太小了。麦金蒂太太是个瘦小的女人。

他打开其中一双鞋。鞋子的质地相当不错，也没怎么穿过。由鞋码判断，显然给贝茜·伯奇穿太小了。

他正准备把鞋子整整齐齐重新包好时，却突然瞥见了报纸的标题。这是《星期日彗星报》，日期是十一月十九日。麦金蒂太太是十一月二十二日遇害的。

那么，这就是她遇害前那个星期天买的报纸。它一直放在她的房间里，被贝茜·伯奇顺手拿来包她的姑姑的东西。

星期天，十一月十九日。而星期一的时候麦金蒂太太到邮局买了一瓶墨水……

莫非是因为她在星期天的报纸上看到了什么？

他打开另一双鞋。它们被同一天的《世界新闻》包着。

他把两张报纸抚平，走到一张椅子那儿，坐下来看报纸。他马上发现《星期日彗星报》的一个页面被剪掉了一部分。那是页面正中一块长方形的区域。剪掉的区域很大，他发现的那几张剪报都对不上。

他仔细查看两份报纸，但没有别的发现。他把鞋子再次包好，手提箱的东西也收拾整齐。

然后他下楼去。

伯奇太太在厨房里忙着。

"没发现什么吧？"她说。

"唉，没有。"他故作不经意地问道，"你记不记得，你姑姑的钱包或手提包里有没有从报纸上剪下来的剪报？"

"我不记得了。也许警察拿走了。"

但警方没有拿走。波洛研究过斯彭斯的笔记，知道没有此物。死者手提包里的东西列了清单,其中没有任何剪报。

"呃,"波洛自忖道,"下一步就简单了。要么一败涂地,要么我终于向前迈进了一大步。"

2

波洛一动不动地坐在那儿,看着面前落满灰尘的一捆报纸,心想他对于一瓶墨水的揣测没有枉费心机。

《星期日彗星报》擅长用浪漫夸张的笔法讲述一些陈年旧事。

波洛此刻正在看的是十一月十九日星期天的《星期日彗星报》。

中页顶端居中的是这样一个大标题:

昔日悲剧中的女受害人今何在?

标题下面有四张模糊不清的照片,显然是拍摄于多年以前。

她们看上去并没有多少悲剧色彩,反而显得有些可笑,因为每个人都穿着老式的衣服,没有什么比过去流行的东西更可笑的了,尽管再过三十年左右它们可能又会重新流行,再次风靡。

每张照片下面都有一个名字。

伊娃·凯恩,著名的克雷格案中的"另一个女人"。

雅尼丝·科特兰,人面兽心的丈夫的"不幸妻子"。

小莉莉·甘波尔,人满为患年代的悲剧产物。

维拉·布莱克,令人意料不到的杀手之妻。

接下来又是一行黑体字：

这些女人如今在何方？

波洛眨了眨眼，开始认真阅读这些面目模糊的女主人公富有传奇色彩的人生故事。

他还记得伊娃·凯恩，因为克雷格案曾轰动一时。阿尔弗雷德·克雷格是帕敏斯特的镇秘书。他是一位勤勤恳恳、相貌平凡、品行端正、讨人喜欢的小个子男人。不幸的是娶了一个令人讨厌、脾气很坏的妻子。克雷格太太害他负债累累，平日里对他颐指气使，而且本身又患了精神紧张的毛病，有些不客气的朋友直言那完全是妄想症。伊娃·凯恩是家里的年轻保姆。她那时才十九岁，长得漂亮，举目无亲，天真单纯。她不顾一切地爱上了克雷格，克雷格也爱上了她。然后有一天，邻居们听说克雷格太太"遵医嘱"出国养病了。这都是克雷格单方的说法。他说一天晚上，他带她去了伦敦，"目送"她去了法国南部。然后，他回到帕敏斯特，时不时向人提起他妻子来信说自己的健康没有好转。伊娃·凯恩留下来帮他料理家务，流言蜚语很快就传开来。最后，克雷格收到他的妻子在国外去世的消息。他离开家，一个星期后回来了，说葬礼在当地举办过了。

说起来克雷格是个头脑简单的人。他在妻子去世的地点上犯了个错误，他说是在著名的度假胜地——法国里维埃拉。有人写信给那里的亲戚或朋友，得知没有一位克雷格太太去世或举行葬礼，这件事情一传十十传百，闹得沸沸扬扬，最后报了警。

随后发生的事情可简要概括如下：

克雷格太太没有去里维埃拉。她被大卸八块，埋在克雷格家的地窖里。尸检结果表明她是由于植物碱中毒而死。

克雷格被捕受审。伊娃·凯恩最初被指控为从犯,但后来指控被取消了,因为查清她自始至终完全不知情。克雷格全盘认罪,被判处死刑。

伊娃·凯恩当时已经怀孕,离开了帕敏斯特,根据《星期日彗星报》的说法:新大陆的好心亲戚收留了她。可怜的小姑娘,年幼无知被冷血凶手诱骗,如今改名换姓,永远离开此地开始新的生活,一辈子把秘密藏在心里,对她的女儿隐瞒父亲的真实姓名。

"我的女儿要快快乐乐,无忧无虑地成长。她的生活不能被残酷的过去玷污。我发过誓。我的悲惨回忆将只属于我一人。"

可怜的、脆弱轻信的伊娃·凯恩,这么年轻,就知晓了男人的邪恶和无耻。她现在在哪儿?是不是在某个中西部的小镇,有一位邻居眼中温文尔雅的老妇人,却有一双悲伤的眼睛……还有一个年轻的女子,快乐,开朗,也许带着自己的孩子,来看"妈妈",向她诉说日常生活中的种种小摩擦和不如意却浑然不知她的母亲承受着什么样的痛苦往事?

"哎呀呀!"赫尔克里·波洛说。接着看下一个悲剧的受害者。

"不幸的妻子"雅尼丝·科特兰,她的不幸肯定是由于她的丈夫。报纸谨慎地提到他古怪的行径,更唤起大家的好奇心,而他的妻子遭了八年罪。"殉难的八年",《星期日彗星报》言辞凿凿地说。后来雅尼丝交了个朋友——一个空怀理想、不谙世事的年轻人,他偶然间看到丈夫和妻子之间那古怪的场景,吓坏了,于是他就挺身而出殴打丈夫,出手过重,结果后者撞在尖锐的大理石壁炉的边缘上,头骨破裂。陪审团认为那个年轻的理想主义者是出于义愤,没有故意杀人的意图,以误杀罪判了他五年的徒刑。

受苦受难的雅尼丝,因为这件案子受到大众瞩目,她吓坏了,出国希望"忘记这一切"。

"她已经忘记一切了吗?"《星期日彗星报》这样问,"但愿如此。也许在某个地方,她已是一个快乐的妻子和母亲,那些年梦魇一般默默忍受的痛苦,现在回想起来恍如梦一场……"

"好吧,好吧。"赫尔克里·波洛说,他接着看莉莉·甘波尔——人满为患时代的悲剧产物。

莉莉·甘波尔被她人满为患的家庭抛弃。一位姑姑收养了她。莉莉想去看电影,姑姑说"不行"。莉莉·甘波尔顺手拿起放在桌子上的剁肉刀,朝姑姑砍去。姑姑虽然独断专横,却是个瘦弱的人。而以一个十二岁的孩子来说,莉莉发育得不错,肌肉发达。莉莉一刀就砍死了姑姑。教养院向她敞开了大门,莉莉从此销声匿迹。

现在她已经是一个成年女人了,重获自由,在我们的文明社会中占有一席之地。据说在她监禁和缓刑期间,行为堪称模范。难道这不正说明我们该怪罪的不是孩子,而是制度吗?在愚昧无知、贫穷恶劣的环境中长大,小莉莉可以说是环境的牺牲品。

现在,在为她的不幸过失付出了代价之后,我们希望,她能幸福地生活在某处,做一个好公民,一个好妻子,一个好母亲。可怜的小莉莉·甘波尔。

波洛摇了摇头。在他看来,一个十二岁的孩子对自己的姑姑挥舞剁肉刀,并狠狠将其砍杀致死,绝不是一个好孩子。在这个案子里,他更同情那个姑姑。

他接着看维拉·布莱克的故事。

维拉·布莱克显然属于那种诸事不顺的女人。她起先交的那位男友,竟然是个杀害银行警卫、被警察通缉的劫匪。后来她嫁给一位受人尊敬的商人,结果却发现丈夫是个为人销赃的不法分子。她的两个孩子也一样走上了歧途,引起了警方的注意。他们跟着妈妈到百货公司时,经常顺手牵羊。最后,一个"好心人"登场。他为悲惨的维拉在英联邦的自治领安置了一个家。她和她的孩子们得以离开这个没落的国家。

从那以后,新的生活在等待着他们。终于,经过多年命运的一再打击之后,维拉的烦恼结束了。

"我不知道,"波洛怀疑地说,"很可能她会发现自己嫁给了一个在邮轮上行骗的骗子!"

他往后一靠,仔细研究四张照片。伊娃·凯恩一头乱蓬蓬的卷发遮住耳朵,戴着一顶硕大的帽子,捧着一束玫瑰花贴在耳边像拿着一个电话听筒。雅尼丝·科特兰戴着一顶钟形的帽子,扣住耳朵,一条腰带系在腰间。莉莉·甘波尔是个相貌平平的孩子,戴着一副厚厚的眼镜,张着嘴,样子像得了腺体肥大症而呼吸困难。维拉·布莱克就是一副凄凄惨惨的样子,没什么明显的特征。

出于某种原因,麦金蒂太太剪下了这些报道和照片。为什么?只是因为对这些故事深感兴趣吗?他认为并非如此。在她六十多年的人生里，麦金蒂太太极少收藏东西。这一点波洛从警方对她的财物记录中就可以知道。

星期天她剪下了这篇文章，星期一她买了一瓶墨水，这说明平时从不写信的她正打算写信。如果那是一封公务信函，她可能会找乔·伯奇帮她。因此不是公务信件。那会是什么呢？

波洛再次审视那四张照片。

《星期日彗星报》问，这些女人今何在？

她们中的某一位，波洛心想，也许去年十一月就在布罗德欣尼。

3

直到第二天，波洛与帕梅拉霍思福小姐才秘密会面。

霍思福小姐解释说，她无法抽出太多时间，因为她还得赶往谢菲尔德。

霍思福小姐身材高大，嗜好烟酒，具有男子气概，看着她的样子很难想象《星期日彗星报》上那些情意绵绵的文章竟是出自她之手。然而事实的确如此。

"快说，快说，"霍思福小姐不耐烦地对波洛说，"我们得走了。"

"是关于你在《星期日彗星报》上的一篇文章。去年十一月。悲剧女性系列。"

"哦，那个系列。写得很糟糕，是不是？"

波洛在这一点上没有表示意见。他说：

"我专门要谈的是十一月十九日那天的文章,与犯罪有关的女人那一篇。它提到了伊娃·凯恩,维拉·布莱克,雅尼丝·科特兰和莉莉·甘波尔。"

霍思福小姐笑了。

"这些不幸的女人今何在?我记得。"

"我想你的这些文章发表后,有时会收到读者来信吧?"

"这是肯定的!有些人似乎除了写信就没事可干。有的人曾经看到凶手克雷格走在街上。有的人想告诉我'她的人生故事,远远比我所能想象的更惨烈'。"

"你那篇文章发表后有没有收到布罗德欣尼的麦金蒂太太的来信?"

"我亲爱的先生,我怎么会知道?我收到的信有无数桶。我怎么能够记住一个一个具体的名字?"

"我以为你可能还记得,"波洛说,"因为几天后麦金蒂太太被谋杀了。"

"你是说——"霍思福小姐忘记了自己要赶去谢菲尔德,在椅子上坐了下来。"麦金蒂,麦金蒂……我确实记得这个名字。被自己的房客砸烂了脑袋。但从公众的角度来看,并不是一个非常令人激动的案子。没有什么香艳性感的内容。你是说那个女人给我写信了?"

"我想她是写信给《星期日彗星报》。"

"都一样。信会转给我。牵涉到谋杀,她的名字会上报,我肯定会记得——"她停了下来。"想起来了,那封信不是从布罗德欣尼来的。而是从布罗德威。"

"那么你想起来了?"

"嗯,我不知道……但是名字……名字很可笑,是不是?麦金蒂！是的，字写得很难看，好像识字不多。要是我能想得起来就好了……但我敢肯定信是从布罗德威寄来的。"

波洛说："你说字写得很难看。布罗德威和布罗德欣尼——两个地名看起来很像。"

"是的，可能是这样。毕竟，我们不大可能清楚这些乡下的奇怪地名。麦金蒂，是的。我确实记得。也许谋杀案加深了我对这个名字的印象。"

"你记得她信中说了什么吗？"

"跟照片有关。她知道哪里有一张和报纸上一样的照片，问我们会付她多少钱？"

"你回信了吗？"

"我亲爱的先生，我们对那种事情不感兴趣。我们回了一封固定格式的信。客客气气，但都是空话。不过我们把信寄到布罗德威了，我觉得她永远也收不到。"

"她知道哪里有一张照片……"

波洛的脑海中浮现出一件事。莫林·萨摩海斯漫不经心的声音说，"当然，她有点爱打探消息。"

麦金蒂太太会偷听。她是个诚实的人，但她喜欢打探他人隐私。而人们总是想要隐瞒一些事——愚蠢的、无聊的往事。也许是情感的因素，也许是刻意地忽略，也许是真的不记得了。

麦金蒂太太看到了一张老照片，后来她在《星期日彗星报》上又看到了。于是她想到能不能用它赚点钱……

他轻快地站起来。"谢谢你，霍思福小姐。请原谅我冒昧问一下，你写的这些报道是否准确？比如说，我注意到，克雷格案的审判时间就弄错了，实际上比你写的晚一年。还有科特兰案中，我好像记得丈夫的名字是赫伯特，不是休伯特。莉莉·甘波尔的姑姑住在白金汉郡,而不是伯克希尔郡。"

霍思福小姐挥挥手中的烟。

"我亲爱的先生。没必要太精确。整篇文章从头到尾就是一个罗曼蒂克故事的大杂烩。我只是挑拣了一些事实,然后自由发挥罢了。"

"我还想说的是,你的女主人公的个性恐怕也与事实不符。"

帕梅拉发出像马鸣一样的嘶嘶笑声。

"当然不符。你以为呢?我毫不怀疑,伊娃·凯恩是个彻头彻尾的小娼妇,根本不是什么受伤害的小可怜。至于科特兰那个女人,为什么她默默忍受了八年的变态虐待呢?因为她丈夫有钱,而那个浪漫的小男友什么都没有。"

"那个不幸的孩子莉莉·甘波尔呢?"

"我可不愿意她拿着剁肉刀在我身边转悠。"

波洛紧扣着手指关节。

"他们离开了这个国家,去往新大陆,出国,'去往英属自治领','开始新的生活'。但这并不表示他们后来没有再回到这个国家吧?"

"不表示,"霍思福小姐赞同道,"现在,我真的必须走了——"

那天晚上波洛打电话给斯彭斯。

"我一直在想着你,波洛。你查到什么了吗?随便什么?"

"我做了一些调查。"波洛严肃地说。

"是吗?"

"调查的结果是:住在布罗德欣尼的都是一群非常好的人。"

"你是什么意思,波洛先生?"

"哦,我的朋友,想想看。'非常好的人',这恰恰就是一个杀人动机。"

第九章

1

"都是非常好的人。"波洛喃喃地说道，拐进车站附近的"十字路庄"的大门口。

门柱上挂着的黄铜门牌显示医学博士伦德尔医生就住在这里。

伦德尔医生身材高大、性格开朗，大约四十多岁。他热忱地问候来访的客人。

他说："伟大的赫尔克里·波洛大驾光临，我们宁静的小村庄万分荣幸。"

"啊，"波洛高兴地说，"这么说，你听说过我？"

"我们当然听说过你。谁不知道你呢？"

回答这个问题有损波洛的自尊。他只是客气地说："我运气好，你恰好在家。"

这不是运气。恰恰相反，是波洛精心推算时间的结果。但是伦德尔医生由衷地回答：

"是的。正巧逮住我有空，再过一刻钟我就要去做一个手术。那么，我能为你做什么？我非常好奇想知道你来这儿有何贵干。是来休养治疗？还是我们这儿有人犯案了？"

"是过去式，不是现在式。"

"过去？我不记得——"

"麦金蒂太太。"

"当然。当然。我都忘了。但是，你该不是为了这个案子来的吧？都过去这么久了？"

"我可以私下跟你透露一点，我是被告方聘请的。希望能够找到上诉的新证据。"

伦德尔医生尖声说："但是能有什么新的证据？"

"这个嘛，我不方便透露——"

"哦，是的，请你原谅。"

"不过我发现了一些事情，我得说、非常奇特、非常、怎么说好呢？有启发性？我来找你，伦德尔医生，因为我知道麦金蒂太太偶尔会在这里工作。"

"哦，是的，是的，她是的。喝一杯怎么样？雪莉酒？威士忌酒？你喜欢雪利酒？我也是。"他拿来两个杯子，在波洛身旁坐下，他接着说："她以前每个星期来一次，做额外的清洁工作。我有一个很好的管家，棒极了，但擦拭铜器，还有擦洗厨房的地板等工作她完成不了，我的管家斯科特太太不方便跪在地上干活。麦金蒂太太干得很好。"

"你觉得她是一个诚实的人吗？"

"诚实？嗯，这个问题怪怪的。我不敢确定，我没机会了解她。据我所知，她很诚实。"

"如果她对别人说了什么，你觉得她说的话会是真的吗？"

伦德尔医生看起来隐隐有些不安。

"哦，我不想扯这么远。我对她真的知之甚少。我可以问问斯科特太太。她了解得多一点。"

"不，不。最好不要这样做。"

"你激起了我的好奇心，"伦德尔医生和气地说，"她到底说了什么？是不是中伤他人的话？我的意思是诽谤。"

波洛只是摇了摇头。他说："你知道，这一切目前都还是机密。我的调查才刚刚开始。"

伦德尔医生冷淡地说：

"你得抓紧时间了，不是吗？"

"你说得对。我的时间有限。"

"我必须说，你让我感到吃惊……我们大家都很确定是本特利干的。这好像没什么可怀疑的。"

"看起来只是普通的谋财害命，没什么特别的。你是这个意思吗？"

"是的，是的，你概括得很准确。"

"你认识詹姆斯·本特利吗？"

"他来找我看过一两次病。他很担心自己的健康。我看是被母亲过分溺爱了。这种事情很常见。我们这儿还有另一个例子。"

"啊，真的？"

"是的。厄普沃德太太，劳拉·厄普沃德。对她的儿子太溺爱了。她把他拴在围裙上。他是个聪明的家伙，不过我们私下里说，他并没有他自己想象的那么聪明，但还是挺有才华的。我们的罗宾是一位很有前途的新秀剧作家。"

"他们住这里很久了吗？"

"三四年吧。大家来布罗德欣尼都不是很久。本地的几户人家屈指可数，都在长草地旅馆周围。听说你就住在那里，是吗？"

"是的。"波洛的语气有点打不起来精神。

伦德尔医生被逗乐了。

"旅馆,"他说,"那个年轻女人懂什么经营旅馆,根本是一窍不通。她一直住在印度,婚后也一直是满屋子用人伺候着。我敢打赌,你一定住得不舒服。从来没有人能住得久。至于可怜的萨摩海斯,他辛苦培育的所谓经济作物绝对没戏。他是个好人,但没有商业头脑。这年头你想维持生计没有商业头脑可不行。不要以为我靠的是治病救人。我只是华而不实地填填表格,签签证书。不过,我喜欢萨摩海斯夫妇。她是个迷人的女人,萨摩海斯虽然脾气大,动不动就发火,却是老派的人。属于真正的上流社会。你应该知道老萨摩海斯上校吧,典型的硬汉,骄傲得不得了。"

"是萨摩海斯少校的父亲吧?"

"是的。老头子死的时候没留下多少钱,当然还有遗产税扒掉了他们一层皮,但他们决定要守住老房子。人们不知道该佩服他们,还是该叫他们一声'傻瓜'。"

他看了看手表。

"我不能再打扰你了。"波洛说。

"我还有几分钟。此外,我希望你能见见我的妻子。我不知道她现在在哪儿。听说你在此地,她非常感兴趣。我们都非常喜欢罪案。看了很多有关的资料。"

"犯罪学著作,小说,还是《星期日彗星报》?"波洛笑着问。

"三者都有。"

"你连《星期日彗星报》都看吗?"

伦德尔笑了。

"没有它,星期日怎么打发?"

"大约五个月前,他们登过一些有趣的文章。其中有一篇是关于那些曾经卷入谋杀案的女人和她们悲惨的命运的。"

"是的,我记得你提到的这篇文章。简直是一派胡言,是吧?"

"啊,你这么认为?"

"嗯,当然,像克雷格案,我只能从报纸上读到一些相关报道,但另一个案子——科特兰案,我可以告诉你,那个女人绝对不是无辜的。她是个卑鄙无耻的女人。因为我的一个叔叔是她丈夫的医生,所以我知道内情。当然,他不是什么好人,但他的妻子也好不到哪儿去。她控制了那个不谙世事的年轻人,怂恿他杀人。然后,他因为过失杀人而坐牢,她则逍遥法外,成了有钱的寡妇,并成功再嫁。"

"《星期日彗星报》没有提到这点。你还记得她嫁给谁了吗?"

伦德尔摇了摇头。

"我没有听说过名字,但有人告诉我,她过得很好。"

"看了这篇文章,人们一定好奇那四个女人如今在哪里。"波洛若有所思地说。

"谁知道呢。说不定我们在上个星期的某次宴会上就碰到过其中一位呢。我敢打赌,她们一定都死守过去的秘密。从这些照片里你当然也绝对认不出她们来。她们看起来都普普通通。"

时钟响了,波洛站了起来。"我不能再耽误你了。你真是太好心了。"

"恐怕没帮上什么忙。人通常都不清楚他家的清洁女工长什么样子。不过请再等等,你一定要见见我妻子。否则她不会原谅我的。"

他领着波洛来到前厅,大声喊着:

"希拉!希拉!"

楼上传来隐约的回答声。

"到楼下来。我有东西给你。"

一个金发，瘦小，苍白的女人轻轻地跑下楼。

"这位是赫尔克里·波洛先生，希拉。你觉得如何？"

"哦。"伦德尔太太似乎惊讶得说不出话来，浅蓝色的眼睛怯怯地盯着波洛。

"夫人。"波洛以最具异国风情的姿势鞠了一躬。

"我们听说你来了这里，"希拉·伦德尔说，"但我们不知道——"她停住了，浅蓝色的眼睛迅速瞥了一眼她丈夫。

"她对他唯命是从。"波洛心想。

他说了几句冠冕堂皇的客套话就离开了。

伦德尔医生和蔼可亲，伦德尔太太张口结舌、忧心忡忡，给他留下了深刻印象。

这就是麦金蒂太太每周二上午工作的伦德尔家。

2

亨特庄园是一栋坚固的维多利亚式建筑，屋前长长的车行道杂草丛生。在过去，这里还算不上一幢大房子，但到了现在，却让人觉得大到不易打理了。

波洛向前来开门的年轻外国女孩说要见见韦瑟比太太。

她瞪着他，然后说："我不知道行不行。请进来。先见见亨德森小姐吧。"

她让他在大厅等候。用房产中介的话说，这是一间"设施齐全"的房间。有许多来自世界各地的珍奇玩意儿，但看起来都不怎么干净，落满了灰尘。

不一会儿，那个外国姑娘又出现了。她说"请进"，并把他领到一个阴冷的小房间，房间里有一张大书桌。壁炉架上摆着一个又大又丑的铜咖啡壶,钩状的壶嘴像一个巨大的鹰钩鼻。

波洛身后的门开了,一个女孩走进房间。

"我母亲卧病在床,"她说,"我能为你效劳吗?"

"你是韦瑟比小姐?"

"我姓亨德森。韦瑟比先生是我的继父。"

她大约三十岁,相貌平平,身材高大,显得有些笨拙。她的眼神带着戒备。

"我想向你打听曾经在这里工作的麦金蒂太太的事情。"

她瞪着他。

"麦金蒂太太?可是,她死了。"

"我知道,"波洛轻声说,"尽管如此,我还是想听听她的事。"

"哦。是因为保险还是什么吗?"

"不是因为保险。是为了搜集新的证据。"

"新的证据。你是指——她的死因吗?"

"我是受雇于詹姆斯·本特利的辩护律师,"波洛说,"代表他开展调查。"

她瞪着他,问道:"难道不是他干的吗?"

"陪审团认为是他干的。但陪审团也会犯错。"

"那真的是别人杀了她?"

"有可能。"

她突然问:"谁?"

"那正是问题所在。"波洛柔声说。

"我完全不明白。"

"不明白吗?但你能告诉我关于麦金蒂太太的一些事情,是吗?"

她颇不情愿地说：

"我想是的……你想知道什么？"

"嗯，首先，你觉得她这个人怎么样？"

"噢，没什么特别的。她就和其他人一样。"

"健谈还是沉默？好奇还是保守？开朗还是郁闷？一个好女人，还是，不是个很好的女人？"

亨德森小姐想了想。

"她活儿干得很好，但就是话太多了。她有时会说一些很滑稽的事情。我——不太喜欢她。"

门开了，外国女佣进来说：

"迪尔德丽小姐，你母亲说：请带上去。"

"我妈妈要我把这位先生带到楼上看她吗？"

"是的，请，谢谢你。"

迪尔德丽·亨德森疑惑地看看波洛。"你愿意上楼去看看我母亲吗？"

"当然愿意。"

迪尔德丽在前面带路，穿过大厅，上了楼梯。她没头没尾地说了一句："外国人真是烦人。"

由于她的心思显然是针对家里的用人而不是访客，所以波洛没见怪。他觉得迪尔德丽·亨德森似乎是一个相当单纯的年轻姑娘，毫无城府。

楼上的房间堆满了小玩意儿。一看这个房间就知道女主人是个爱旅行的人，到哪儿都要买一堆纪念品。大多数纪念品显然都是招徕游客然后狠宰一笔的东西。沙发、桌子、椅子挤满房间，帷帐重重，让人觉得透不过气来，而韦瑟比太太就置身于这一切之中。

韦瑟比太太看起来很娇小。大房间里一个楚楚可怜的小女人，这是她给人的印象。但她其实不是真的像她努力表现的这么瘦小。即使是中等身材，在大房间的映衬下，"小可怜"的形象可以取得相当不错的效果。

她舒舒服服地斜靠在沙发上，身旁放着几本书、一些针线、一杯橙汁和一盒巧克力。她高高兴兴地说：

"请原谅我不能起床，但医生再三嘱咐我要好好休息，如果我不听话，大家都会责备我。"

波洛握住她伸来的手，得体地鞠了一躬。

迪尔德丽站在他身后，硬邦邦地说："他想打听麦金蒂太太的事。"

握在波洛手中的纤细无力的手突然绷紧了，令他想起了鸟的爪子。那可不是什么精致的德累斯顿瓷器，而是扎人的利爪……

韦瑟比太太微微一笑，说：

"你真可笑，亲爱的迪尔德丽。谁是麦金蒂太太？"

"哦，妈妈，你明明记得的。她给我们干活。你知道的，就是被谋杀的那个。"

韦瑟比太太闭上了眼睛，瑟瑟发抖。

"别说了，亲爱的。这一切是多么可怕。出事后几个星期我都很紧张。可怜的老女人，这么愚蠢，竟把钱放在地板下。她应该把钱存到银行里。我当然清楚地记得，我只是忘了她的名字。"

迪尔德丽呆呆地说：

"他想了解她的情况。"

"请坐下来吧，波洛先生。我都好奇死了。伦德尔太太刚刚打电话来，她说我们这儿来了一位非常著名的犯罪学家，她跟我说了你的情况。后来，那个白痴弗里达说来了一个客人，我猜那一定是你,我传话下去请你上来。现在快告诉我,究竟是怎么回事?"

"正如你女儿说的,我想了解一些麦金蒂太太的事。她曾经在这里工作。我知道她是星期三来这里干活。而她恰恰是星期三遇害的。所以,她那天曾来过这儿,是吗?"

"我想是的。对,我想是的。现在我无法确定。这事过去很久了。"

"是的。好几个月了。她那天有没有说什么,什么特别的话?"

"那个阶层的人总是喋喋不休,"韦瑟比太太嫌恶地说,"没有人会认真听他们说什么。再说她也不可能告诉别人自己那天晚上会被劫杀吧?"

"有因必有果。"波洛说。

韦瑟比太太皱起眉头。

"我不明白你的意思。"

"也许我自己也不明白,现在还不明白。我正努力拨开迷雾通向光明……你订星期天的报纸吗,韦瑟比太太?"

她的蓝眼睛瞪得大大的。

"哦,是的。当然。我们订了《观察家报》和《星期日时报》。怎么了?"

"我不知道。麦金蒂太太订的是《星期日彗星报》和《世界新闻报》。"

他停了一下,但没有人说什么。韦瑟比太太叹了口气,半闭上了眼睛。她说:

"这一切真令人不安。她那个可怕的房客。我觉得他脑子一定不正常。显然,他也是一个受过良好教育的人。这就使情况变得更糟了,不是吗?"

"是吗？"

"哦，是的，我真的这么认为。多么残忍的罪行啊。剁肉刀。噢！"

"警方没有找到凶器。"波洛说。

"我想他把它扔在池塘或什么地方了。"

"他们打捞过池塘，"迪尔德丽说，"我亲眼看见的。"

"亲爱的，"她母亲叹了口气，"别说这些可怕的事情。你知道我是多么讨厌想这些事情。我的头承受不了。"

女孩凶巴巴地转向波洛。

"你不能再问了，"她说，"这对她不好。她特别敏感，甚至连侦探小说也不能看。"

"十分抱歉。"波洛说。他站起身来。"我只有一个理由。有个人再过三个星期就要被绞死了。如果不是他干的——"

韦瑟比太太用胳膊撑起身子。她的声音很刺耳。

"当然是他干的，"她喊道，"当然是他干的。"

波洛摇摇头。

"我不是很确定。"

他迅速离开了房间。当他下楼时，那个女孩追上来。她在大厅里拦住了他。

"你是什么意思？"她问。

"就是我说的意思，小姐。"

"是的，但是……"她停了下来。

波洛不说话。

迪尔德丽·亨德森慢慢地说：

"你让我妈妈很难过。她讨厌这样的事情——抢劫、谋杀，还有暴力。"

"那么，曾经在这里工作过的女人被杀害了，对她一定是个很大的打击吧。"

"哦，是的，哦，是的，是这样。"

"她陷入歇斯底里的状态了吗？是吗？"

"她不愿听任何有关的消息……我们，我，我们尽量让她不要接触这些残忍血腥的事。"

"那战争怎么办？"

"幸运的是我们这附近从未挨过炸弹。"

"战争期间你做什么工作，小姐？"

"哦，我在吉尔切斯特的志愿救护队工作，还为妇女志愿服务队开过车。当然，我不能离开家。妈妈需要我。现在也一样，她不愿意我经常出门。一切都很难。还有用人，妈妈当然是从来都不做家务的，她身体太虚弱了。现在请人又是那么难。所以麦金蒂太太才这么受欢迎。她就是这样开始到我们家工作的。她干活很出色。但是，当然了，一切，到处，都和过去不一样了。"

"你很介意吗，小姐？"

"我？哦，不。"她似乎很惊讶。"但是妈妈不同。她，她还活在过去。"

"有些人是这样。"波洛说。他想起刚才去过的那个房间。有一个五斗柜的抽屉半开着。抽屉里满满都是零碎东西——丝质针垫、一把破扇子、一把银咖啡壶、一些旧杂志。抽屉太满以致都关不上了。他轻声说："他们保留着东西，留住昔日的回忆——舞会节目单、扇子、老朋友的照片，甚至连菜单和剧院节目单都留着。因为，看着这些东西，往日的记忆就复活了。"

"我想是这样，"迪尔德丽说，"我自己无法理解。我从来没有保留什么东西。"

"你只向前看,从不回头?"

迪尔德丽慢慢地说:

"我不知道我向哪里看……我的意思是,把握当下就足够了,不是吗?"

前门开了,一个又高又瘦的老人走进了大厅。他看到波洛就突然停下了脚步。

他看了一眼迪尔德丽,扬起眉毛表示询问。

"这是我的继父,"迪尔德丽说,"我,我还不知道你的名字呢。"

"我是赫尔克里·波洛。"波洛像往常那样,好像在宣布一个王室头衔。

韦瑟比先生似乎不为所动。

他"啊"了一声,转身挂好他的外套。

迪尔德丽说:

"他来打听麦金蒂太太的事。"

韦瑟先生愣了一下,才把大衣挂好。

"我觉得这很奇怪。"他说,"那女人几个月前死了,尽管她曾在这里工作,我们对她或她的家人一无所知。如果我们知道什么也早就告诉警察了。"

他的语气像是要结束谈话。他看了一眼手表。

"我想,午饭应该过一刻钟就准备好了。"

"今天恐怕会很晚才开饭。"

韦瑟比先生的眉毛再次扬起。

"真的吗?我能问问是为什么吗?"

"弗里达今天一直很忙。"

"亲爱的迪尔德丽,我不愿提醒你,但管理家务的任务已经交给你了。我希望能守时一点。"

波洛打开前门出去前,回头看了看。

韦瑟比先生投向他继女的目光透着冰冷与嫌恶。而回瞪他的目光里,有着强烈的恨意。

第十章

吃过午饭,波洛去拜访第三户人家。今天午饭吃的是炖牛尾、水煮土豆,还有莫林乐观地希望能做成煎饼的东西。它们的味道都非常奇特。

波洛慢慢地走上山。不一会儿,他的右手边就是金链花庄园了,这是由两间小屋打通改造而成的,并进行了现代风格的装潢。厄普沃德太太和那位前途无限的青年剧作家罗宾·厄普沃德住在这里。

波洛在门口暂停脚步,伸手整理了一下他的胡子。这时一辆汽车慢慢地从山上开下来,有人从车窗里用力扔出一个苹果核,正好打中了他的脸。

波洛吓了一跳,大声抗议。汽车停下来,车窗里探出一个脑袋来。

"真对不起。我打到你了吗?"

波洛停下来没说话。他看着车窗里这张高贵的脸、浓密的眉毛、花白凌乱的头发,瞬间拨动了记忆之弦,苹果核也帮助了他的回忆。

"肯定没错,"他喊道,"是奥利弗太太吧。"

确实是那位大名鼎鼎的侦探小说家。

女作家惊呼:"哎呀,是波洛先生。"她试图从车里下来。这是一辆小型轿车，而奥利弗太太是个身材高大女人。波洛赶紧上前相助。

奥利弗太太咕哝地解释道："开了太久的车，身子都僵了。"正说着，她突然从车中挣脱出来，一下子站到了路上，犹如火山喷发一般。

一大堆苹果也随之从车里掉出来，欢快地滚下了山坡。

"袋子破了。"奥利弗太太解释道。

她把几个吃了一半的苹果从胸口拍落，然后像一只大型纽芬兰狗一样抖了抖身子。最后一颗藏在她衣服褶皱里的苹果也加入了其他兄弟姐妹的行列。

"可惜袋子破了，"奥利弗太太说，"这些可都是考克斯苹果。不过，我想在这样的乡下，应该会有很多苹果。还是说没有？也许它们都运走了。我发现今天一切都很奇怪。嗯，你好吗，波洛先生？你不是住在这里的吧，是吗？不，我敢肯定，你不住这儿。那么，我猜是因为谋杀？但愿不是我要拜访的女主人吧？"

"你要拜访谁？"

"在那儿，"奥利弗太太点点头说，"我的意思是，如果经过教堂往山下走，半路经过一幢叫金链花庄园的房子的话，那就一定是了。她长什么样儿？"

"你不认识她吗？"

"不，我可以说是为工作而来的。我的一本书要改编成戏剧了——由罗宾·厄普沃德编剧。我们打算会面一起讨论讨论。"

"我向你表示祝贺，夫人。"

"根本不是那么回事，"奥利弗太太说，"到目前为止只有纯粹的痛苦。我不知道为什么要掺和进来。我的书帮我赚到足够的钱了，也就是说那些吸血鬼拿走了大部分，如果我写更多书，他们会拿走更多,所以我不必过度压榨自己。但是你没有想过,让你笔下的人物说出他们永远不会说的话,做他们永远不会做的事有多么痛苦。如果你抗议,他们就说只有这样才是'好戏'。罗宾·厄普沃德就是这么想的。大家都说他很聪明。如果他真有那么聪明,我不明白他为什么不自己写呢,放过我那可怜的芬兰人。他甚至已经不是个芬兰人了。被改成了挪威抵抗运动的成员。"她抓了抓头发,"我的帽子呢?"

波洛看着车里面。

"夫人,我想你刚才一直坐在它上面。"

"看来真是这样。"奥利弗太太看了看被压扁的帽子,表示赞同。"算了,"她乐呵呵地接着说,"反正我不怎么喜欢这顶帽子。不过我想星期天去教堂可能还用得到,虽然大主教说可以不用戴帽子,但我还是觉得老派的神职人员还是希望人们戴帽子的。快告诉我你在办什么谋杀案吧,甭管是什么。你还记得我们一起办的案子吗?"

"记得清清楚楚。"

"很好玩,是不是?不是说谋杀本身,我一点儿也不喜欢。而是指事后的调查。这回是谁?"

"没有夏塔纳先生那么有看头。五个月前一个给人打杂的清洁妇人被人抢劫杀害了。你可能在报纸上看过。麦金蒂太太。一名年轻男子被定罪,判处死刑——"

"不是他干的,你知道是谁干的,你要证明这一点。"奥利弗太太连珠炮似的说,"精彩!"

"你想得太远了,"波洛叹了口气说,"我还不知道是谁干的,要证明更是遥遥无期。"

"男人都这么慢吞吞的,"奥利弗太太轻蔑地说,"我很快就能告诉你是谁干的。我猜是这儿的人干的吧？给我一两天时间四处转转，我就能揪出凶手。女人的直觉，这才是你需要的。在夏塔纳案中，我的直觉就很准确，不是吗？"

波洛好心不去提醒奥利弗太太，当时她的怀疑对象一直在变来变去。

"你们男人啊，"奥利弗太太宽宏大量地说，"要是苏格兰场由女人来领导——"

这时从房子的门里传来招呼他们声音，她的老生常谈才打住了。

"你好，"一个悦耳的男高音说，"是奥利弗太太吗？"

"是我。"奥利弗太太答应道。她低声对波洛说："别担心。我会非常谨慎。"

"不，不，夫人。我不希望你谨慎小心。而是恰恰相反。"

罗宾·厄普沃德从小路走来，穿过大门。

他没戴帽子，穿着很旧的灰色法兰绒裤子和一件不像样的运动衫。不过，若不是有了发福的趋势，他应该是很好看的一个人。

"阿里阿德涅，我的宝贝！"他欢呼着，热烈地拥抱她。

他站开，手搭在她的肩膀上。

"亲爱的，对于第二幕我已经有了一个绝妙的想法。"

"是吗？"奥利弗太太不大热情地说，"这位是赫尔克里·波洛先生。"

"太棒了，"罗宾说，"你带行李了吗？"

"带了，在车子后面。"

罗宾拖出两只箱子。

"真烦人，"他说，"我们没有合适的仆人。只有老珍妮特。

我们还得一直迁就着她。你不觉得这样很讨厌吗?你的箱子好重啊。你在里面放了炸弹吗?"

他跟跟跄跄地走在小路上,转过头说:

"进来喝一杯吧。"

"他是对你说的。"奥利弗太太说,她从前排座椅拿出手提包,一本书,还有一双旧鞋。"你刚才说希望我不要太谨慎,是认真的吗?"

"越不谨慎越好。"

"要是我的话,是不会这样做的,"奥利弗太太说,"但它是你的案子。我会尽我所能帮助你。"

罗宾再次出现在门口。

"进来,进来。"他喊道,"我们等会儿再管车。妈咪急着要见你。"

奥利弗太太一马当先,波洛跟在她后面。

金链花庄园的室内装饰很迷人。波洛猜想他们应该为装潢花了一大笔钱,结果是奢华又低调,房子的每一片橡木都货真价实。

劳拉·厄普沃德坐在起居室壁炉旁的轮椅上,微笑着欢迎他们。她六十多岁,看起来充满活力,有着铁灰色的头发和坚毅的下巴。

"很高兴见到你,奥利弗太太,"她说,"我想你一定很讨厌别人跟你谈论你的书,但这么多年来,它们一直给我巨大的安慰,尤其是自从我成了这样一个残废以后。"

"你过誉了。"奥利弗太太说,她看起来有些不自在,像个女学生一样扭绞着双手。

"哦,这是波洛先生,我的一个老朋友。我们刚才在你家外面偶然碰到。其实是我的苹果核打到了他,就像神射手威廉·退尔①一样。"

"你好,波洛先生。罗宾。"

"我在,妈咪?"

"拿一些喝的来。香烟在哪里?"

"在桌上。"

厄普沃德太太问:"你也是作家吗,波洛先生?"

"哦,不,"奥利弗太太说,"他是一个侦探。你知道的,福尔摩斯那种——猎鹿帽、小提琴之类的。而且他到这里来就是为了解决一宗谋杀案。"

隐隐传来玻璃打碎的叮当声。厄普沃德太太厉声说:"罗宾,小心点。"她对波洛说:"这可真有趣,波洛先生。"

"这么说莫林·萨摩海斯说的是真的,"罗宾叫道,"她唠唠叨叨地跟我说过她家里住了一位侦探。她好像觉得这件事很滑稽,但这真的不是开玩笑,是不是?"

"当然不是开玩笑,"奥利弗太太说,"你们中间有一个凶手。"

"是的,但是看看这里,谁被人谋杀了?还是说已经挖出了一具尸体,只是一切都还秘而不宣?"

"没有秘而不宣,"波洛说,"是你们早就知道的谋杀案。"

"麦什么太太,一个打杂的清洁工,去年秋天。"奥利弗太太说。

"哦!"罗宾·厄普沃德听起来有些失望,"但是,那个案子都结案了。"

---

①瑞士民间传说中的英雄。

"还没有结案,"奥利弗太太说,"他们抓错了人,如果波洛先生不能及时找出真正的凶手,那个倒霉鬼将会被绞死。这可真刺激。"

罗宾把饮料分给大家。

"白夫人① 给你,妈咪。"

"谢谢你,我亲爱的儿子。"

波洛微微皱起了眉头。罗宾把饮料递给奥利弗太太和他。

"好了,"罗宾说,"为犯罪干杯。"

他一饮而尽。

"她以前在这里工作。"他说。

"麦金蒂太太吗?"奥利弗太太问。

"是的。对吧,妈咪?"

"你说她在这里工作,其实她一个星期才来一天。"

"有时还只有一个下午。"

"她是个什么样的人?"奥利弗太太问。

"正经得要命,"罗宾说,"整洁得令人发指。她把一切都打扫得干干净净,东西都收进抽屉里,让你根本猜不出它们放在哪里。"

厄普沃德太太幽默地讥讽道:

"要是没有人一个星期来打扫一次,我们这小房子里很快就连转身都困难了。"

"我知道,妈咪,我知道。但是,东西要是不在原来摆放的位置上,我根本无法工作。我的笔记都被弄乱了。"

"我一点都帮不上忙真是烦人,"厄普沃德太太说,"我们有

---

① 一种鸡尾酒。

一个忠实的女仆,但她只会做一点简单的烹饪。"

"什么毛病?"奥利弗太太问,"关节炎?"

"差不多。恐怕我很快就要请个长期的护士陪护了。真是烦人。我不喜欢事事仰赖他人。"

"好啦,亲爱的,"罗宾说,"不要太激动。"

他拍拍她的胳膊。

她突然温柔地微笑看着他。

"罗宾对我像个女儿那么贴心,"她说,"他什么事都会做,什么都考虑到了。没有人能比他更体贴了。"

他们微笑着看着对方。

赫尔克里·波洛起身。

"哎呀!"他说。"我得走了。我还要拜访一个人,然后还要赶火车。夫人,感谢你的热情款待。厄普沃德先生,祝你这部戏圆满成功。"

"也祝你早日破获谋杀案。"奥利弗太太说。

"这是真的吗,波洛先生?"罗宾·厄普沃德问,"不是开玩笑?"

"当然不是开玩笑,"奥利弗太太说,"绝对非常认真。他不肯告诉我凶手是谁,但他知道,对吗波洛?"

"不,不,夫人,"波洛的抗议很难令人信服,"我告诉过你,我暂时还不知道。"

"你真是神秘兮兮,我认为你知道。但你想保密,不是吗?"

厄普沃德太太尖声说:

"这是真的吗?不是开玩笑?"

"不是开玩笑,夫人。"波洛说。

他鞠了一躬,转身离开了。

当他沿路走出去的时候,他听到罗宾·厄普沃德那清晰的男高音:

"但是,阿里阿德涅,亲爱的,"他说,"一切都没问题,可是看看那个人的胡子,怎么能让人把他真当回事?你真的觉得他很厉害?"

波洛暗自发笑。何止厉害!

正要跨过那条狭窄的小路时,他及时往后一跳。

萨摩海斯家的运货车摇摇晃晃地开来,从他面前疾驶而过。开车的是萨摩海斯。

"对不起,"他喊道,"我要赶火车。"声音渐行渐远:"去考文特花园……"

波洛也打算坐火车——当地的火车去吉尔切斯特,他约了斯彭斯警监在那里见面。

在那之前,他正好有时间,可以再拜访一户人家。

他走到山顶,通过大门,走上一条维护良好的行车道,来到一栋现代化的住宅前,房子是由水泥盖成,方方正正的屋顶,有很多玻璃窗。这是卡朋特夫妇的家。盖伊·卡朋特是卡朋特工程公司的合伙人——非常富有,最近热衷于政治。他和妻子新婚不久。

开门的既不是外国女佣,也不是年迈的忠仆,而是一位冷淡的男仆,并且他不愿意让波洛进去。在他看来,赫尔克里·波洛是那种应该拒之门外的访客。他十分怀疑波洛是来推销东西的。

"卡朋特先生和太太都不在家。"

"那么,也许我可以等一等?"

"我说不准他们什么时候回来。"

他关上了门。

波洛没有离开。相反，他朝房子的拐角走去，差点和一个穿着貂皮大衣、身材高大的年轻女人相撞。

"喂，"她说，"你究竟想干什么？"

波洛殷勤地抬了抬帽子。

他说："我希望见一见卡朋特先生或太太。我是否已经有幸见到卡朋特太太了？"

"我就是卡朋特太太。"

她说话并不亲切，但态度背后又隐隐有些转圜的余地。

"我的名字是赫尔克里·波洛。"

没有什么反应。看来，她不仅没有听说过这个伟大而独特的名字，甚至不知道他是莫林·萨摩海斯最新的客人。那么，这个地方性话题还没有在此地发酵。也许，这是个虽然细微却重要的事实。

"是吗？"

"我原本求见卡朋特先生或太太，不过，夫人，偶遇你就再适合不过了。因为我想问的就是一些家务事。"

"我们已经有一个胡佛牌吸尘器了。"卡朋特太太满脸疑虑地说。

波洛笑了。

"不，不，你误会了。我只是想问几个和家庭事务有关的问题。"

"哦，你是说那种调查问卷。我觉得这些调查毫无意义——"她突然停住，"你还是先进屋再说吧。"

波洛微微一笑。她刚才及时打住没有发表针砭时弊的议论。因为她的丈夫正积极从事政治活动，所以对政府的批评要谨慎。

她在前面带路，穿过大厅，进入一个大小适宜的房间，房间面朝一个精心打理过的花园。房间看起来非常新，有一套锦缎大沙发和两张扶手椅，三四张一模一样的齐本德尔式椅子，一张书桌和一张写字台。看得出装修不吝金钱，雇的也是最好的公司，但绝对看不出主人的个人品位。波洛心想，这位新娘到底是怎么样的人？冷漠？谨慎？

当她转身时，他以品评的目光打量着她。一个奢华漂亮的年轻女人。铂金色的头发，精致的妆容，但不止这些，还有矢车菊一样的蓝眼睛，瞪眼的时候，眼睛里透着寒光——美丽又深邃的目光，能让人沉沦。

她客客气气地开口说话，藏起了不耐烦：

"请坐。"

波洛坐下了。他说：

"你真好，夫人。我有几个问题想问你。是有关死去的麦金蒂太太。她去年十一月被人杀害了。"

"麦金蒂太太？我不知道你是什么意思？"

她瞪着他，眼里满是责难与猜疑。

"你还记得麦金蒂太太吗？"

"不，我不记得。我对她一无所知。"

"你记得她的谋杀案吗？还是说谋杀在这里太寻常了，以致你都没注意吗？"

"哦，那桩谋杀？是的，当然记得。我忘了那老妇人的名字。"

"尽管她曾在这所房子里为你工作过？"

"她没有。我那时还没住在这里。卡朋特先生和我三个月前才结婚。"

"但是她确实为你工作过。我想应该是每个星期五上午。你那时还是住在玫瑰小屋的谢尔柯克太太。"

她不高兴地说：

"既然你什么都知道，我不明白你为什么还要问我。再说，这一切究竟是怎么回事？"

"我正在调查这桩谋杀案。"

"为什么？究竟为什么呢？还有，为什么来找我？"

"你可能知道一些事情——会对我有帮助。"

"我什么都不知道。凭什么我会知道？她只不过是个打杂的蠢老太婆。她把钱藏在地板下，有人抢劫并杀害了她。整个事情真教人恶心——太野蛮了。就像你在星期天的那些报纸上读到的故事一样。"

波洛很快接过话。

"像星期天的报纸上的故事，是的。就像《星期日彗星报》。也许，你也看《星期日彗星报》吧？"

她跳了起来，跌跌撞撞地朝开着的落地窗走去。她步履不稳，竟然撞上窗框。波洛想起一只美丽的飞蛾，盲目地向灯罩飞扑。

她喊道："盖伊——盖伊！"

不远处一个男人的声音回答：

"伊芙？"

"快过来。"

一个大约三十五岁、身材高大的男人现身了。他加快脚步穿过露台来到窗口。伊芙激动地说：

"这里有个人，一个外国人。他问我各种各样关于去年那个可怕的谋杀案的问题。有个老清洁女工，你还记得吗？我讨厌那种事情。你知道的。"

盖伊·卡朋特皱起眉头，穿过落地窗走进客厅。他长着一张马脸，面色苍白，看起来十分傲慢自大。

赫尔克里·波洛觉得他缺乏吸引力。

"请问到底是怎么一回事？"他问，"你惹恼我的妻子了吗？"

赫尔克里·波洛摊开双手。

"我绝对不希望惹恼这么迷人的女士。因为死者曾经为她工作过，我仅仅希望她也许能对我的调查有所帮助。"

"但是，你在进行什么调查？"

"是的，问问他。"妻子催促道。

"我们正在针对麦金蒂太太被害一案展开新的调查。"

"胡说！案子已经了结了。"

"不，还没有，你弄错了。案子还没有结束。"

"你说什么，新的调查？"盖伊皱起了眉头。他狐疑地说："由警察负责的吗？胡说！你和警方没有关系。"

"我是独立办案，与警方没有关系。"

"一定是新闻界，"伊芙插嘴道，"那些可怕的星期天报纸。他自己这么说的。"

盖伊的眼中闪过一丝警惕。以他的立场，他并不想得罪新闻界。他语气更加友好地说：

"我的妻子非常敏感。谋杀之类的事情使她心烦意乱。我敢肯定，你没有必要去打扰她。她几乎不认识那个女人。"

伊芙激动地说：

"她只不过是个打杂的蠢老太婆。我告诉过他。"

她又补充说：

"她还是个可怕的骗子。"

"啊，这很有意思。"波洛喜滋滋地打量着两人的脸，"这么说她会撒谎。这也许能给我们一条非常宝贵的线索。"

"我不明白你是什么意思。"伊芙不高兴地说。

"找出犯罪动机,"波洛说,"那就是我要追查的。"

"她的积蓄被抢走了,"卡朋特尖刻地说,"这就是犯罪动机。"

"啊,"波洛轻声说,"真的是这么回事吗?"

他站起身,像一个刚刚说完台词的演员。

"如果我给夫人带来任何痛苦,我很抱歉,"他彬彬有礼地说,"这些事情总是令人难过。"

"整件事情都令人痛心,"卡朋特说,"我的妻子自然不愿意再提起此事。抱歉,我们无法为你提供任何线索。"

"哦,但是你们已经给我了。"

"你说什么?"

波洛轻声说:

"麦金蒂太太会撒谎。这就是一个很有价值的线索。她说的具体是什么谎话呢,夫人?"

他礼貌地等待伊芙·卡朋特开口。终于,她说道:

"哦,没什么特别的。我是说,我记不清了。"

意识到两个男人都有所期待地看着她,她说道:

"她讲了一些愚蠢的事,是关于别人的闲话。一些不可能是真的的事。"

又是一阵沉默,波洛说:

"我明白了,她是祸从口出。"

伊芙·卡朋特赶紧说:

"哦,不,我不是这个意思。她只是说一些闲话,就是这么回事。"

"只是闲话。"波洛轻声说。

他做了个告别的手势。

盖伊·卡朋特陪他走进大厅。

"你说的报纸,《星期日彗星报》,是哪一天的?"

"我向夫人提到的报纸,"波洛仔细地说,"是《星期日彗星报》。"

他停了一下。盖伊·卡朋特若有所思地重复着:

"《星期日彗星报》。恐怕我没有留意。"

"有时会登一些有趣的文章。还有有趣的插图……"

在新一轮沉默维持太久之前,他鞠躬说道:

"再见,卡朋特先生。如果我打扰了你,我向你道歉。"

站在大门外,他回头看了看房子。

"我很好奇,"他说,"是的,我很好奇……"

第十一章

斯彭斯警监坐在波洛的对面叹气。

"我并不是说你一无所获,波洛先生,"他慢慢地说,"就我个人而言,我觉得你有收获。但太少了。少得可怜!"

波洛点点头。

"只有这些是做不了什么的。必须找到更多信息。"

"我和我的手下本应注意到那张报纸才对。"

"不,不,你不要责怪自己。案情太明显了。暴力抢劫。房间翻得乱七八糟,钱不见了。你们怎么会注意一张混在一大堆杂物里的被剪过的报纸呢。"

斯彭斯固执地重复:

"我应该留意的。还有那瓶墨水——"

"我也是在极偶然的情况下才听说的。"

"但是你却觉得别有深意,为什么?"

"只是因为它和写信有关。你和我,斯彭斯,我们经常写信,所以觉得习以为常。"

斯彭斯警监叹了口气。然后,他在桌子上摆了四张照片。

"这些都是你叫我找的照片,就是《星期日彗星报》上登的照片的原版。不管怎么样它们比报纸上的要清晰一点。不过在我看来,它们没有太多用处。照片旧了,褪色了,还有女人的头发，都会有很大差别。上面又没有什么明显的身体特征，像耳朵、侧脸轮廓这些。只有钟形帽、附庸风雅的发型，还有玫瑰！一点机会都不给你。"

"你同意我的观点吗，我们可以排除维拉·布莱克？"

"我同意。如果维拉·布莱克在布罗德欣尼的话，人人都会知道的。她最爱讲自己一生的悲惨故事了。"

"其他几位你有什么信息可告诉我的？"

"我已经尽我所能为你搜集了一些资料。伊娃·凯恩在克雷格被判刑后离开了这个国家。我可以告诉你她的换了新名字。叫霍普[①]，意即'希望'。很有象征性吧？"

波洛喃喃地说：

"是的，以罗曼蒂克的方式。'美丽的伊夫林·霍普死了。'是贵国一位诗人的诗句。我敢说她一定是想到了这句诗。顺便问一句，她的名字叫伊夫林吧？"

"是的，我想是的。不过人们都叫她伊娃。顺便说一句，波洛先生，既然我们谈到了这个问题，警方对伊娃·凯恩的看法与这篇文章不一样，可以说相差甚远。"

波洛笑了。

"警察的看法不是证据。不过通常是很好的指南。警方是怎么看待伊娃·凯恩的？"

"她绝不是公众认为的无辜受害者。我当时还是一个非常年轻的小伙子，我记得我的上司和负责此案的特雷尔探长讨论时说的话。特雷尔认为（告诉你，没有证据）把克雷格太太巧妙地除掉是伊娃·凯恩的主意——她不仅想到了方法，而且就是她

[①] 原名为 Hope，同 hope，即"希望"。

干的。有一天克雷格回到家里，发现他的小情人已经急不可耐地动手了。我敢说她想把这一切伪装成自然死亡，但克雷格想出更好的办法。他把尸体藏在地窖里，并编造克雷格太太客死他乡的计划。后来，当事情败露，他一口咬定这一切都是他一个人做的，伊娃·凯恩对此一无所知。就这样，"斯彭斯警监耸了耸肩膀，"没人能提出别的证据。毒药就在房子里。无论是他们中哪个人都能拿到。漂亮的伊娃·凯恩一脸无辜，瑟瑟发抖。她做得很好，真是个聪明的小演员。特雷尔探长心存怀疑，但是没有证据。我告诉你的只能作为参考，波洛先生，算不上证据。"

"但它至少证明这些'不幸的女人'可能不只是不幸的女人，她更可能是一个凶手。而且，如果动机够强，她可能会再次杀人……现在我们谈下一个，雅尼丝·科特兰，关于她你有什么可以告诉我的吗？"

"我查过档案。真令人厌恶。如果我们绞死了伊迪丝·汤普森，我们也应该绞死雅尼丝·科特兰。她和她的丈夫都不是什么好人，谁也不比谁强，她挑唆那个小伙子，让他义愤填膺，拔刀相向。但是自始至终，我告诉你，她背后一直有个有钱的男人，她除掉丈夫的目的是为了嫁给他。"

"那她嫁给他了吗？"

斯彭斯摇摇头。

"不知道。"

"她到国外去了，然后呢？"

斯彭斯摇摇头。

"她是自由身，没有受到任何指控。她是否结婚，有什么遭遇，我们都不知道。"

"也许哪天有人会在鸡尾酒会上遇见她。"波洛说，他想起伦德尔医生的话。

"的确。"

波洛把视线转向最后一张照片。

"那个孩子呢?莉莉·甘波尔?"

"她太小了,不能以谋杀论处。她被送到感化院。在那里表现良好。她学会了速记和打字,在缓刑后找到了一份工作。干得不错。最后听说是在爱尔兰。我觉得我们可以排除她,你知道的,波洛先生,跟维拉·布莱克的情况一样。毕竟,她改邪归正了,人们不会太计较一个十二岁的孩子在冲动之下做的事情。把她排除怎么样?"

波洛说:"如果不是那把剁肉刀,我可能会这么做。无可否认的是,莉莉·甘波尔用一把剁肉刀杀了她的姑姑,而杀害麦金蒂太太的凶手使用的,据说也是一把类似剁肉刀的凶器。"

"也许你是对的。现在,波洛先生,让我们听听你的调查结果吧。我很高兴没有人意图干掉你。"

"没,没有。"波洛迟疑了一下说。

"不瞒你说,自从那天在伦敦分别后,我为你担心过一两次。现在说说布罗德欣尼的居民有什么可能性?"

波洛打开了他的小笔记本。

"伊娃·凯恩,如果她还活着,现在快六十岁了。她的女儿,根据《星期日彗星报》所描绘的感人画面,现在也已是而立之年。莉莉·甘波尔也差不多是这个年纪。雅尼丝·科特兰现在五十岁左右。"

斯彭斯点头表示同意。

"所以我们来看看布罗德欣尼的居民,尤其是那些麦金蒂太太为之工作的人。"

"我想这个假设很合理。"

"是的，麦金蒂太太四处打杂，这使得事情有些复杂。但我们可以假设她在经常干活的某处房子里看到了什么，大概是一张照片。"

"我同意。"

"就年纪来看，给了我们几种可能性。首先是韦瑟比，麦金蒂太太死的那天就是在韦瑟比家干活。韦瑟比太太的年龄和伊娃·凯恩差不多，她也有个和伊娃·凯恩的女儿差不多年龄的女儿——据说是她和前夫生的。"

"照片呢？"

"我亲爱的朋友，从照片上是辨认不出来的。时间过去太久了，就像你说的，逝者如斯夫。我们只能说：韦瑟比太太年轻的时候一定是个漂亮的女人。她至今风韵犹存。她看上去太柔弱，杀不了人，但我知道，那时候人们也是这样看待伊娃·凯恩的。杀死麦金蒂太太到底需要多少力气，不知道凶手到底使用的是什么凶器，是很难判断的。因为凶器的手柄形状、挥动的便利与否、刀刃的锋利程度等，都会有影响。"

"是的，是的。为什么我们始终找不到凶器——继续说。"

"我对韦瑟比家的另一个发现是，韦瑟比先生常常讨人嫌。女儿对母亲忠心耿耿。她讨厌她的继父。我对此不多加评论。我只是提出来供参考。女儿可能会为了防止母亲的过去传到继父的耳朵里而杀人。母亲可能会为了同样的理由杀人。父亲可能会为了'家丑不外扬'而杀人。为了顾全颜面而杀人的事情比我们想象的还要多！而韦瑟比一家就是'体面人'。"

斯彭斯点点头。

"如果，我是说如果，《星期日彗星报》的文章有什么真材实料的话，韦瑟比一家显然是最好的选择。"他说。

"确实如此。布罗德欣尼唯一与伊娃·凯恩年龄符合的只有厄普沃德太太。如果说厄普沃德太太是伊娃·凯恩，而她又杀了麦金蒂太太的话，有两项事实说不通。首先，她患有严重的关节炎，只能靠轮椅代步——"

"在小说里，轮椅很可能是假装的，"斯彭斯说，"但在现实生活中很难作假。"

"其次，"波洛继续说道，"厄普沃德太太好像是个专制而强势的人，更会以势压人而不是哄人，这与年轻时的伊娃性格不符。不过从另一方面来说，人们的性格也确实会随着年龄的增长而发生变化。"

"那倒是，"斯彭斯承认，"厄普沃德太太不是不可能，只是可能性不大。我们再看看其他的可能性。会不会是雅尼丝·科特兰？"

"我认为可以排除。布罗德欣尼没有年龄吻合的人。"

"除非这些年轻的姑娘里面有某个人是雅尼丝·科特兰拉皮整容过的。别把我的话当真，我只是开个玩笑。"

"有三个三十多岁的女人。迪尔德丽·亨德森。伦德尔医生的妻子，还有盖伊·卡朋特的太太。也就是说，从年龄上看，这些人当中有一个可能是莉莉·甘波尔或伊娃·凯恩的女儿。"

"那可能是谁呢？"

波洛叹了口气。

"伊娃·凯恩的女儿是高是矮，黑发还是金发——我们对她的长相一无所知。我们已经讨论过迪尔德丽·亨德森的可能性。现在我们再看看其他两个。首先，我要告诉你：伦德尔太太在害怕什么。"

"怕你吗?"

"我想是的。"

"这点应该引起重视,"斯彭斯慢慢地说,"你是说,伦德尔太太可能是伊娃·凯恩的女儿或莉莉·甘波尔。她是金发还是黑发?"

"金发。"

"莉莉·甘波尔就是一个金发的女孩。"

"卡彭特太太也是金发。一个贵气逼人的年轻女人。且不论她是否算得上漂亮,她那双眼睛可真是动人——漂亮的深蓝色大眼睛。"

"得了,波洛——"斯彭斯对他的朋友摇摇头,"你知道她跑出房间叫她丈夫的时候是什么模样吗?她让我想起一只漂亮的飞蛾。她在家具间跌跌撞撞地往前走,伸出双手,好像一个瞎子一样。"

斯彭斯宽容地看着他。

"你真是罗曼蒂克,波洛先生,"他说,"说什么翩翩起舞的飞蛾和蓝色的大眼睛。"

"一点也不,"波洛说,"我的朋友黑斯廷斯才叫浪漫多情呢,我一点也没有!我,是个如假包换的实用主义者。我要告诉你的是,如果一个女孩自认为眼睛是最美的部位,那么无论她有多近视,她都不愿意戴眼镜,走路就只能靠摸索,哪怕看东西模糊一片,距离也很难判断。"

他用食指轻轻地点了点莉莉·甘波尔的照片,那女孩戴着厚厚的、难看的眼镜。

"所以,这是你的推论?莉莉·甘波尔?"

"不,我只是提出各种可能性。麦金蒂太太死的时候,卡朋特太太还没有成为卡朋特太太。她是年轻的烈士遗孀,日子拮据,住在劳工的屋舍里。她订了婚,将要嫁给当地的有钱人——一个有政治抱负、自视甚高的男人。如果盖伊·卡朋特发现他将要娶的是一个出身低微、小时候曾用剁肉刀砍死姑姑的女人,或者是二十世纪最臭名昭著的罪犯之一克雷格的女儿——罪行举世皆知。那么,他还能接受吗?你会说,也许吧,如果他真爱那个女孩!但我认为他是一个自私、有野心、特别看重名誉的男人。当时还是谢尔柯克太太的卡朋特太太,一定非常着急,担心对她不利的消息会传到未婚夫的耳朵里去。"

"我明白了,你认为是她干的,是吗?"

"我再说一次,亲爱的朋友,我不知道。我只是探讨各种可能性。卡朋特太太对我十分戒备,紧张兮兮。"

"这很糟糕。"

"是的,是的,这使得事情更困难了。有一次,我曾经和一些朋友住在乡下,他们出去打猎。你知道打猎是什么样的吧?每个人都带着猎狗和枪,他们先把狗放出去,狗跑到树林里把鸟赶到空中,他们就可以嘭嘭射击了。我们也是一样。我们要等的不仅是一只鸟,也许还有其他的鸟藏在隐蔽处。有些鸟也许和我们要查的案子无关。但是鸟儿自己并不知道。我们必须搞清楚,我的朋友,哪只是我们要找的鸟。在卡朋特太太守寡期间,可能有些言行失当的情况,不是很严重,但还是给我们的调查带来不便。当然,她迫不及待地对我说麦金蒂太太是个骗子,其中必有原因。"

斯彭斯警监揉了揉鼻子。

"让我们把这个弄清楚,波洛。你到底是怎么想的?"

"我怎么想不重要。我必须知道事实。然而到目前为止,狗才刚刚进入隐蔽处。"

斯彭斯喃喃地说：

"要是我们能查到些确凿的事实就好了。真是疑点重重。可都是一些猜测，还都是些相当牵强的猜测。就像我说的，整件事情都很没有说服力。真的会有人为了我们所考虑的这些原因去杀人吗？"

"那得看情况，"波洛说，"取决于很多我们并不了解的家庭情况。但是维持体面的愿望是非常强烈的。这些生活在布罗德欣尼的不是艺术家或波希米亚人，而都是些体面人。女邮政局长曾这么说过，体面人喜欢维持他们的体面。多年幸福的婚姻生活，也许从没人怀疑你曾经是最轰动的谋杀案中的一个臭名昭著的人物，没有人怀疑你的孩子是一个著名的杀人犯的孩子。有人可能会说：'我宁可死也不能让我丈夫知道！'或是：'我宁可死也不愿让我的女儿发现自己是谁！'然后你会想，也许，如果麦金蒂太太死了，那就好了……"

斯彭斯平静地说：

"看来你认为是韦瑟比。"

"不，也许她们最符合条件，仅此而已。以实际的性格来说，厄普沃德太太比韦瑟比太太更可能是凶手。她专制、强势，溺爱她的儿子。为了防止她儿子知道她嫁给他父亲安定下来、过上受人尊敬的生活之前发生了什么事，我想她可能会铤而走险。"

"难道这件事会让他那么伤心吗？"

"我个人不这么认为。年轻的罗宾是个现代的怀疑论者，是彻底自私自利的人。无论如何，我应该说，他对母亲和母亲对他是不能相比的。他不是另一个詹姆斯·本特利。"

"假设厄普沃德太太是伊娃·凯恩，她的儿子罗宾会不会为了防止母亲身份泄露而杀死麦金蒂太太?"

"应该不会。他甚至可能会利用它。用这种耸人听闻的事情为他的戏做宣传!我无法想象罗宾·厄普沃德为了面子或对母亲的忠诚,或者任何对罗宾·厄普沃德本人没有实际利益的东西而实施一桩谋杀。"

斯彭斯叹了口气,说:"这个范围太广了。我们也许能够从这些人的过往经历里挖掘点东西。但是,这需要时间。战争又使事情变得复杂。很多记录被毁,这给了想要掩盖自己的踪迹而冒用别人身份的人提供了无穷的机会,尤其是发生'事故'后,出现很多尸体没人辨认的情况!如果我们能够集中调查某一个人就好了,可是你有这么多的可能人选,波洛先生!"

"我们也许很快就能排除一些。"

离开警监办公室的时候,波洛心里其实没有表面上看起来的那样欢欣。他和斯彭斯一样感到时间的紧迫性。如果他能有更多时间就好了……

再退一步讲,还有一个问题,他和斯彭斯所做的这一切都站得住脚吗?要是,詹姆斯·本特利真的有罪呢……

他没有屈从于这一怀疑,但还是感到担忧。

他在脑海中一次又一次地回想他与詹姆斯·本特利的那次会面。而此刻他在吉尔切斯特的站台上等火车时,又想起那一幕。今天是赶集的日子,站台特别拥挤。穿过栅栏涌来的人群比平时多很多。

波洛俯身向前看看。是的,火车终于来了。还没等他站直身子,突然觉得后背被人猛地推了一下。推他的力气很大,又很突然,令他猝不及防。眼看着他就要摔下铁轨被卷入飞驰而来的火车车轮之下,千钧一发之际,站台上站在他身边的一个人抓住了他，把他拉了回来。

"喂，你怎么回事？"他问。这是一个人高马大的陆军上士。"喝醉了吗？老兄，你刚才差点就要掉下去被火车撞了。"

"谢谢你。万分感谢。"人群已经涌到了他们身边，有上车的，有下车的。

"你还好吧？我来帮你。"

波洛跟跟跄跄地上了车，找到一个座位坐下。

现在解释"有人推我"也没用，不过他真的是被人推了一下。今天傍晚之前，他一直十分警惕，小心提防身边的危险。今天斯彭斯也曾打趣地询问，有没有人意图谋害他的性命，但和斯彭斯谈过之后，他不知不觉地以为危险已经过去或者不会发生。

但是他大错特错了！他在布罗德欣尼的那些会面已经产生了效果。有人害怕了。有人试图阻止他重新调查已经完结的案子。

在布罗德欣尼的电话亭里，波洛打电话给斯彭斯警监。

"是你吗，我亲爱的朋友？注意听我说。我有个消息要告诉你。绝妙的消息。有人想要杀死我……"

他满意地听着电话线另一头传来的滔滔不绝的关心的话语。

"不，我没有受伤。不过真是千钧一发……是的，摔到火车底下。不，我没看到是谁推我的。不过放心，我的朋友，我会把他找出来的。现在我们知道了，我们的路子是对的。"

第十二章

1

检测电表的人和盖伊·卡朋特的管家正在聊天。

"电费要按照新的基准运行了,"他解释说,"根据住户面积分级计算。"

管家怀疑地说:

"你的意思是它和别的费用一样都涨价了吗?"

"那要视情况而定。我的意思是大家公平分摊。你参加昨晚吉尔切斯特的集会了吗?"

"没有。"

"听说你的老板卡朋特先生演讲得非常好。你觉得他会当选吗?"

"他上一次就差点当选了。"

"是啊。好像只差一百二十五票。通常这些会议是你开车送他,还是他自己开车?"

"一般都是他自己开车。他喜欢开车。他有一辆宾利车。"

"挺奢侈的嘛。卡朋特太太也自己开车吗?"

"是的。依我看,她开得太快了。"

"女人都是这样。昨晚的会议她也去了吗?还是说她对政治不感兴趣？"

管家笑了。

"她都是装作感兴趣。不过，昨晚她没有留到最后。因为头疼还是什么，演讲中途就离场了。"

"啊！"电工看了看保险丝盒，"马上就好了。"他收拾工具准备离开的时候，又随口问了几个不相干的问题。

他轻快地走下行车道，但一走到大门的拐角处就停了下来，在记事本上写了一段话。

C先生昨晚独自开车回家。十点半到家（大约）。特定时间有可能在吉尔切斯特中央车站。C太太提前离开了会场。只比C先生早十分钟到家了。自称是坐火车回家。

这是在电工的本子上记的第二条内容。第一条是这样的：

R医生昨晚出诊。去吉尔切斯特方向。特定时间有可能在吉尔切斯特中央车站。R太太昨晚整晚独自在家（？）喝过咖啡后，管家斯科特太太一夜都没有再见过她。她自己有一辆小汽车。

2

在金链花庄园，合作正在进行。

罗宾·厄普沃德急切地说：

"你确实看出来了，是不是，多么美妙的台词啊？如果我们真的能让这个家伙和那女孩之间产生性别对立的情愫，那么整个剧就会更有张力!"

奥利弗太太悲伤地用手抓着她的被风吹拂的花白头发,结果使得头发看起来不像是被微风吹乱的,而是被龙卷风席卷过。

"你真的明白我的意思吧,亲爱的阿里阿德涅?"

"哦,我明白你的意思。"奥利弗太太沮丧地说。

"但最重要的是你要觉得高兴。"

除非是自欺欺人,否则没人会认为奥利弗太太看起来很高兴。

罗宾继续兴致勃勃地说:

"我是这么觉得,那位美妙的年轻人,跳伞从天而降——"

奥利弗太太插嘴说道:

"他六十岁了。"

"噢,不!"

"他真的六十岁了。"

"我不这么认为。他三十五岁——不能再老了。"

"但我已经写了他三十年了,在第一本书里他就三十五岁了。"

"但是,亲爱的,如果他六十岁了,你就不能让他和那个女孩之间产生激情了。她叫什么名字?英格丽。我的意思是,这会把他变成一个猥琐的老头子!"

"那是肯定的。"

"所以你看,他必须是三十五岁。"罗宾得意扬扬地说。

"那么他就不是斯文·赫森了。干脆把他变成一个从事抵抗运动的挪威年轻人好了。"

"但是,亲爱的阿里阿德涅,这部剧的全部意义就在于斯文·赫森啊。你已经拥有庞大的崇拜斯文·赫森的读者群,他们会涌到剧院看斯文·赫森。他就是票房保证,亲爱的!"

"但是,读我书的人都知道他是什么样的!你不能创造一个全新的从事抵抗运动的挪威年轻人，只是管他叫斯文·赫森就行了。"

"亲爱的阿里阿德涅，我已经解释过了。这不是一本书，亲爱的，这是一出戏。我们必须让它更有魅力！如果我们能让斯文·赫森和那个谁——她叫什么名字？凯伦。你知道的，让他们针锋相对，但又彼此深深吸引——"

"斯文·赫森对女人没有兴趣。"奥利弗太太冷冷地说。

"但是你也不能把他弄成娘娘腔啊，亲爱的！这种戏不行。我的意思是，这不是那种海湾绿树之类的东西，而是惊险刺激、谋杀和户外的野趣。"

提到户外产生了效果。

"我觉得我要出去走走，"奥利弗太太突然说，"我需要新鲜空气，急需新鲜空气。"

"要我陪你一起去吗？"罗宾温柔地问。

"不，我宁愿一个人去。"

"请便吧，亲爱的。也许你是对的。我得去给妈咪调一杯蛋酒了。可怜的宝贝会觉得被人疏忽了。你知道的，她喜欢受人关注。你再考虑考虑地窖那场戏，好吗？整个戏真是太妙了，一定会大获成功。我敢肯定！"

奥利弗太太叹了口气。

"但最重要的，"罗宾继续说，"是你要觉得高兴！"

奥利弗太太冷冷地看了他一眼，抓了一件以前在意大利买的艳丽的军装斗篷披在自己宽大的肩膀上，出门向布罗德欣尼走去。

她打算把注意力转移到解决现实的罪案上，暂时忘记自己的烦恼。赫尔克里·波洛需要帮助。她要去会一会布罗德欣尼的居民，运用她从未失败的女人的直觉，告诉波洛谁是凶手。然后，他只需获得必要的证据就行了。

奥利弗太太走下山坡，到邮局买了两斤苹果，开始她的调查。买苹果的时候，她与斯威特曼太太亲切地交谈起来。

在对今年这个时候天气偏暖表示赞同之后，奥利弗太太提起她目前住在厄普沃德太太的金链花庄园里。

"是的，我知道。你是从伦敦来的写谋杀小说的那位女士吧？我这儿有三本你的书，都是企鹅出版社出版的。"

奥利弗太太瞟了一眼企鹅书籍的陈列柜。它被儿童长筒靴挡住了一部分。

"《第二条金鱼奇案》，这本相当不错。"她若有所思地说，"《死的是一只猫》，我在书里提到一个一英尺长的吹矢枪，而实际上它有六英尺长。真可笑，吹矢枪竟然有这么长，但这是一个在博物馆工作的人写信告诉我的。有时候，我真觉得有些人看书只是为了找茬。还有哪一本？哦！《少女之死》——这本书糟透了！我在书里写到把索弗那（一种安眠药）溶入水中，可索弗那根本不溶于水，而且整个故事从头到尾都不合理。在斯文·赫森灵机一动之前，至少死了八个人。"

"这些书都很受欢迎，"斯威特曼太太说，完全不为作家这个有趣的自我批评所动，"你一定不相信，我自己从来没有读过，因为我真的没有时间看书。"

"你们这儿也出了一件谋杀案，是吗？"奥利弗太太说。

"是的，去年十一月。出事的地方可以说几乎就在隔壁。"

"我听说有个侦探到这里来了，是查这个案子吗？"

"啊，你指的是住在长草地旅馆的那个小个子外国人吧？他昨天还来过这里，而且——"

斯威特曼太太没说完,因为有客人进来买邮票。

她急忙走到邮局的另一侧柜台。

"早上好,亨德森小姐。今天天气可真暖和。"

"是的,很暖和。"

奥利弗太太目不转睛地盯着这个高个女孩的背影。她牵着一头锡利哈姆犬。

"这样下去,果树的花以后会被冻坏的!"斯威特曼太太饶有兴致地说,"韦瑟比太太怎么样?"

"很好,谢谢。她不怎么出门。最近外面风太大了。"

"这个星期吉尔切斯特有一部好电影上映,亨德森小姐。你应该去看。"

"我本来想昨天晚上去看的,但真的抽不出时间。"

"下个星期有蓓蒂·葛莱宝的电影——我这里五先令的邮票卖完了。换成两张二先令六便士的可以吗?"

女孩走后,奥利弗太太说:

"韦瑟比太太行动不便,是吗?"

"也许是吧,"斯威特曼太太有点恼怒地回答,"我们这些人可没有时间卧床不起。"

"我真是太赞同你的看法了,"奥利弗太太说,"我跟厄普沃德太太说,要是她能努力多动动她的腿,会对她更有好处。"

斯威特曼太太看起来很高兴。

"她想站起来是能站得起来的——我也是听人说的。"

"是吗?"

奥利弗太太在思忖消息的来源。

"珍妮特说的吗?"她大胆猜测。

"珍妮特·古鲁姆有时会发发牢骚,"斯威特曼太太说,"这也难怪，是吧？古鲁姆小姐自己也不年轻了，她有风湿病，吹东风的时候特别严重。有钱人得这种病就叫关节炎，他们可以坐在轮椅上。唉，我可不愿冒这个险，让自己的双腿派不上用场，我可不愿意。但是，如今，即使长了个冻疮，都要跑去看医生，免得浪费交给国民医疗服务的钱。我们这种医疗保健业务太多了。总是想着自己身体不健康没任何好处。"

"我认为你说得对。"奥利弗太太说。

她拿起苹果，出门去追迪尔德丽·亨德森。这倒不难，因为那头锡利哈姆犬又老又胖，慢悠悠地走着，享受青草和各种宜人的香味。

奥利弗太太认为，狗是与人攀谈的最佳手段。

"多可爱的宝贝啊！"她赞叹道。

大块头年轻女人平庸的脸上露出欣慰的神色。

"他确实相当迷人，"她说，"你是不是很可爱，本？"

本抬起头来，摇了摇香肠状的身体，又低头去闻蓟草，像平常那样满意地点点头。

"它会打架吗？"奥利弗太太问，"锡利哈姆犬经常打架的。"

"是的，它是个可怕的斗士。所以我出门总是带着它。"

"我想也是。"

两个女人都看着那头锡利哈姆犬。

过了一会儿，迪尔德丽·亨德森有些窘迫地说：

"你是——你是阿里阿德涅·奥利弗，是不是？"

"是的。我住在厄普沃德家。"

"我知道。罗宾告诉过我们你会来。我必须要告诉你，我是多么喜欢你的书。"

奥利弗太太像往常一样，尴尬得脸都紫了。

"哦。"她快快不乐地咕哝了一声。"我很高兴。"她沮丧地加了一句。

"我看的还不多,很多想看的书看不到,因为我们的书都是从时代读书俱乐部那里获得的,而母亲不喜欢侦探小说。她特别敏感,侦探小说会让她彻夜难眠。但是,我很喜欢。"

"你们这儿出了一桩真正的杀人案,是不是?"奥利弗太太说,"是在哪栋房子里发生的?是在这些小屋中的吗?"

"那边那栋。"

迪尔德丽·亨德森的声音有些迟疑。

奥利弗太太将目光投向麦金蒂夫人生前住过的房子,那房子的前门现在有两个讨人嫌的小孩在高高兴兴地折磨一只猫玩。奥利弗太太上前劝他们不要虐待猫,猫乘机伸出爪子逃脱了。

大一点的那个孩子被猫抓伤了,立刻号啕大哭。

"活该。"奥利弗太太说,然后又对迪尔德丽·亨德森说:"这儿看起来不像一所发生过谋杀案的房子,不是吗?"

两个女人似乎对这一点深有同感。

奥利弗太太继续说。

"被杀的是个老清洁女工,是不是,谋财害命吗?"

"是她的房客干的。她有一些钱藏在地板下。"

"我懂了。"

迪尔德丽·亨德森突然说:

"但是,也许不是他干的。我们这儿来了一个有趣的小个子,是个外国人。他的名字叫赫尔克里·波洛。"

"赫尔克里·波洛?哦,是的,我和他很熟。"

"他真的是侦探?"

"亲爱的,他非常有名。而且非常聪明。"

"那么也许他会发现根本不是他干的。"

"谁?"

"那个——房客。詹姆斯·本特利。哦,我希望他能够洗脱罪名。"

"是吗?为什么?"

"因为我不希望是他干的。我不相信是他。"

奥利弗太太好奇地看着她,被她的声音里的热情吓了一跳。

"你认识他吗?"

"不,"迪尔德丽慢慢地说,"我不认识他。但是,有一次本被一只捕兽夹夹住了腿,他帮我把本放出来。我们聊了一会儿……"

"他是个什么样的人?"

"他很孤单。他的母亲刚刚去世。他非常爱他的母亲。"

"你爱你的母亲吗?"奥利弗太太尖锐地说。

"是的。这让我能够理解他。我的意思是,我明白他的感受。母亲和我——我们相依为命。"

"我想我听罗宾说过,你有一个继父。"

迪尔德丽恨恨地说:"哦,没错,我有一个继父。"

奥利弗太太含糊地说:"这和亲生父亲还是不一样,对吗?你还记得你自己的父亲吗?"

"不记得,他在我出生前就去世了。我四岁的时候,妈妈嫁给了韦瑟比先生。我,我一直恨他。而妈妈——"她停了一下才继续说,"妈妈过得很不好。她得不到一点同情和理解。我的继父是一个最冷酷绝情的人。"

奥利弗太太点点头,然后低声说:

"这个詹姆斯·本特利听起来根本不像一个罪犯。"

"没想到警察会逮捕他。我敢肯定一定是流浪汉干的。这条路沿途时常有一些可怕的流浪汉出没。一定是他们中的某个人干的。"

奥利弗太太安慰她说:

"也许赫尔克里·波洛会查明真相。"

"是的,也许——"

她突然拐进了亨特庄园的门径。

奥利弗太太盯着她的背影看了一会儿,然后她从手提包里拿出一个小笔记本。她在上面写道:"凶手不是迪尔德丽·亨德森。"她在"不是"下面重重地画了加重线,因为太用力,把铅笔都弄断了。

3

上山的半路上,她遇到了罗宾·厄普沃德陪着一位漂亮的浅金色头发的年轻姑娘走过来。

罗宾给她们介绍了彼此。

"伊芙,这位是了不起的阿里阿德涅·奥利弗,"他说,"我的天,我不知道她是怎么办到的。看起来是那么慈眉善目,是不是?一点不像是个沉湎于犯罪的人。这位是伊芙·卡朋特。她的丈夫将是我们的下一任议员。现任议员乔治·卡特莱特爵士已经老糊涂了,可怜的老人。他经常从门后面跳出来扑向年轻姑娘。"

"罗宾,你不能编造这样可怕的谎言。你这是污蔑党。"

"嗯,我为什么要在乎?又不是我拥护的党。我是个自由党。这是当今我唯一认同的党派,规模小、成员精挑细选,没有当选的机会。我喜欢颓废的事业。"

他对奥利弗太太说：

"伊芙想请我们今晚去她家喝一杯。算是为你接风，阿里阿德涅。你知道的，会会大人物。你来这里我们都非常激动。你能不能把你的下一个谋杀现场安排在布罗德欣尼？"

"哦，请你务必这样做，奥利弗太太。"伊芙·卡朋特说。

"你可以很方便就让斯文·赫森到这儿来，"罗宾说，"他可以像赫尔克里·波洛一样，住在萨摩海斯夫妇的旅馆。我们正要去那里，因为我告诉伊芙，赫尔克里·波洛在他那一行可是大名鼎鼎，就像你一样。她说，她昨天对他太无礼了，所以她要去请他来参加晚会。但是说真的，亲爱的，一定要让你的下一个谋杀案发生在布罗德欣尼。我们都会激动得不得了。"

"哦，拜托了，奥利弗太太。这将会多么有趣啊。"伊芙·卡朋特说。

"我们中谁来当凶手，谁当受害者？"罗宾问。

"你们现在的清洁工是谁？"奥利弗太太问。

"哦，亲爱的，不要那种谋杀。太平淡了。不，我觉得伊芙可以当个不错的受害者。勒死，也许可以，用她自己的尼龙丝袜。不行，这招已经有人用过了。"

"我想最好是你被谋杀，罗宾，"伊芙说，"冉冉升起的新星剧作家在乡村别墅被刺身亡。"

"我们还没有定下凶手，"罗宾说，"我妈妈怎么样？用她的轮椅，这样就不会有脚印。我认为这个主意很棒。"

"但是她不会想杀你，罗宾。"

罗宾思索了一下。

"是的，也许不会。事实上我正在考虑她怎么勒死你。她一点儿都不会介意这样做。"

"但我希望你当被害人。杀死你的人可以是迪尔德丽·亨德森。一个无人关注,备受压抑的平凡姑娘。"

"真有你的,阿里阿德涅,"罗宾说,"你的下一部小说的整个故事情节都已经成型了。你要做的只是编几条假线索,以及——当然,还有实际的写作。哦,天哪,莫琳养的狗多么可怕啊。"

他们已经走进长草地旅馆的大门,两条爱尔兰猎狼犬咆哮着冲上前来,狂吠乱叫。

莫琳·萨摩海斯手里提着水桶走进牲口棚。

"下来,弗林。过来,科密可。你们好。我正在清理猪圈。"

"我们知道,亲爱的,"罗宾说,"我们从这儿就可以闻到你身上的味道。小猪长得怎么样?"

"我们昨天被它吓坏了。它躺在地上一动不动,也不吃早餐。约翰尼和我查遍了养猪手册上的所有疾病也不知道是怎么回事,担心得睡不着觉。可是今天早上它又全好了,活蹦乱跳,约翰尼来给它喂食时,它像疯了一样,把约翰尼都撞倒了。约翰尼不得不去洗了个澡。"

"你和约翰尼过的是多么激动人心的生活啊。"罗宾说。

伊芙说:

"你和约翰尼今天晚上来参加我们的宴会好吗,莫林?"

"当然好啊。"

"去见一见奥利弗太太,"罗宾说,"不过实际上,你现在就可以见到她了。这位就是。"

"真的是你吗?"莫林说,"太令人激动了!你和罗宾一起合作戏剧,是吗?"

"我们进展得非常顺利。"罗宾说,"顺便说一句,阿里阿德涅,今天早上你出去后,我灵机一动。关于选角有了一个很棒的想法。"

"哦,选角。"奥利弗太太松了一口气。

"我想起一个饰演埃里克的合适人选。塞西尔·里奇,他在卡伦奎的小瑞普剧院当演员。我们哪天晚上可以过去看一看他的演出。"

"我们还想见你的房客,"伊芙对莫林说,"他在吗?我也想邀请他参加晚宴。"

"我们会带他一起去的。"莫林说。

"我想我最好还是亲自邀请他。因为昨天我对他有点失礼。"

"哦!嗯,他应该在什么地方。"莫林含糊地说,"我想在花园里,科密可,弗林,那些该死的狗——"

她把桶当啷一声往地上一扔,朝养鸭池的方向跑去,那儿传来鸭子惊恐的叽叽嘎嘎声。

第十三章

卡朋特家的晚宴即将结束时,奥利弗太太端着一个杯子,向赫尔克里·波洛走来。在那之前,他们各自被一群人包围着,没有机会说话。现在,杜松子酒已经喝得差不多了,晚会进展顺利,到了老朋友相聚和交流本地小道消息的时间,这两个外人才能够有机会交谈。

"出来到露台上吧。"奥利弗太太像阴谋家一样低声耳语。

与此同时,她把一张小纸条塞到波洛手里。

他们一起穿过落地窗,来到露台上。波洛把纸条展开。

"伦德尔医生。"他念道。

他疑惑地看看奥利弗太太。奥利弗太太用力点了点头,她这么做的时候,一大绺花白的头发从她的脸上挂下来。

"他就是凶手。"奥利弗太太说。

"你这么认为吗?为什么?"

"我就是知道,"奥利弗太太说,"他就是凶手的类型。热心、亲切,如此等等。"

"也许吧。"

波洛的回答听起来不怎么肯定。

"但是,你说他的动机是什么?"

"违规行医,"奥利弗太太说,"被麦金蒂太太发现了。但不管原因是什么，可以肯定就是他。我已经见过所有的人，就是他。"

波洛提起另一件事：

"昨晚在吉尔切斯特车站，有人试图把我推到铁轨上。"

"老天爷！你是说，有人要杀你？"

"对此我确信无疑。"

"伦德尔医生昨晚出诊了，我知道。"

"我明白，是的，伦德尔医生出诊了。"

"那就说得通了。"奥利弗太太满意地说。

"不一定。"波洛说，"卡朋特先生和太太昨晚也在吉尔切斯特，而且两人是分头回家的。伦德尔太太可能一整晚都坐在家中听收音机，也可能没有，没有人能证明。亨德森小姐经常去吉尔切斯特看电影。"

"她昨天晚上没有去。她在家。她告诉我的。"

"你不能别人说什么都相信，"波洛责备道，"家里人会互相包庇。另一方面，那个外国女佣弗里达，昨天晚上看电影去了，所以她没法告诉我们亨特庄园谁在家、谁不在家！你瞧，要缩小范围并不是那么容易。"

"我大概可以为我的房东担保，"奥利弗太太说，"你说的事情是什么时候发生的？"

"九点三十五分。"

"那么不管怎么说，金链花庄园的人是清白的。从八点到十点半，罗宾和他的母亲一直在跟我玩牌。"

"我以为你会和他单独讨论合作事宜呢。"

"让妈妈一个人在藏在灌木丛里的摩托车上蹦来跳去吗？"奥利弗太太笑了起来，"不，妈妈就在我们的眼皮底下。"她叹了口气，想起更可悲的事情。

"合作，"她恨恨地说，"整件事就是一场噩梦！如果把黑色小胡子粘到巴特尔警督的脸上，然后告诉你说这就是你，你有什么想法。"

波洛眨了眨眼睛。

"那种提议简直就是一场噩梦！"

"现在你知道我的痛苦了吧。"

"我也一样，我在受罪，"波洛说，"萨摩海斯太太的烹调技术真是无法用言语形容。那根本不能算是做菜。那穿堂风，那寒风，那猫的坏肠胃，那狗的长毛，那椅子的断腿，我睡的那张可怕的，可怕的床——"他闭上了眼睛痛苦地回忆，"那浴室的冷水，楼梯地毯上的破洞，还有咖啡——我无法向你描述他们提供的所谓咖啡的液体。那是对肠胃的一种亵渎。"

"老天，"奥利弗太太说，"但是，你知道，她人非常好。"

"萨摩海斯太太？她很迷人。相当迷人。这使得事情变得更加不容易。"

"现在她过来了。"奥利弗太太说。

莫林·萨摩海斯正向他们走来。

她长满雀斑的脸上一副欣喜若狂的样子。她手里拿着一个杯子，热情地冲他们俩微笑。

"我觉得我有点醉了，"她说，"喝了这么多好喝的杜松子酒。我真喜欢宴会！我们在布罗德欣尼不常举办宴会。这都是托你们两个大人物的福。我希望我也能写作。问题是，我向来什么事情都做不好。"

"夫人，你是一个好妻子，好母亲。"波洛拘谨地说。

莫林的眼睛睁得大大的。在一张长着雀斑的小脸上，这淡褐色的眼睛显得特别有吸引力。奥利弗太太看不出她的年龄，她猜测应该不到三十岁。

"我吗？"莫林说，"我不知道。我非常爱他们每个人，但只有爱就够吗？"

波洛咳嗽了一声。

"恕我冒昧，夫人。一个真正爱她丈夫的妻子应该首先照顾好他的肚子。肚子，是非常重要的。"

莫林好像受了冒犯。

"约翰尼的肚子很好，"她气愤地说，"绝对平坦。实际上一点赘肉都没有。"

"我指的是肚子里面的东西。"

"你的意思是我做的菜，"莫林说，"我从来不觉得一个人吃的东西有什么要紧的。"

波洛呻吟着。

"或者一个人的穿着有什么要紧的，"莫林做梦似的说，"还有一个人做了什么。我真的不觉得这些事情有什么要紧的。"

她沉默了一会儿，她的眼神有些朦胧，似乎在看着遥远的地方。

"有一天，报纸上登了一封一个女人的来信，"她突然说，"一封非常愚蠢的信。问怎么做最好——是让自己的孩子被人领养，享受各方面都更加优越的条件，她的意思是指良好的教育、漂亮的衣服、舒适的环境，还是把孩子留在自己身边，尽管你各方面都不尽如人意。我觉得这问题真愚蠢，蠢透了。只要你能够给孩子吃饱穿暖，这才是要紧的。"

她低下头，看着空玻璃杯，好像那是一只水晶杯。

"我对此深有体会，"她说，"我就是一个被领养的孩子。我母亲离开了我,我就像他们说的那样,享受了优越的条件。但是一想起没人要你,你的母亲抛弃了你,就会永远觉得伤心。"

"也许他们是为了你好。"波洛说。

她清澈的眼睛对上他的。

"我不认为真的是这样。只是他们自欺欺人罢了。事实只是他们可以狠下心抛弃你。这真令人伤心。我绝不会放弃我的孩子,哪怕给我世界上所有的好处!"

"我觉得你说得很对。"奥利弗太太说。

"我也同意。"波洛说。

"那就好了,"莫林高兴地说,"那我们还争论什么?"

罗宾来到露台加入他们,说:

"怎么啦,你们在争论什么?"

"领养,"莫林说,"我不喜欢被领养,你呢?"

"嗯,至少比当孤儿好多了,你不这么认为吗,亲爱的?我想我们应该走了,是不是?阿里阿德涅?"

客人们一起告辞。伦德尔医生早些时候已经匆匆离去。他们一起走下山丘,在鸡尾酒的作用下,聊得格外欢快。

当他们来到金链花庄园的大门处时,罗宾坚持请大家都进去。

"去跟妈咪说说晚会的情况吧。可怜的宝贝,因为行动不便不能去,她会多么无聊啊。她最讨厌被人冷落了。"

他们欢快地一拥而入,厄普沃德太太看到他们似乎很高兴。

"还有谁在那里?"她问,"韦瑟比夫妇吗?"

"不,韦瑟比太太觉得不舒服就没来,所以亨德森小姐也没来。"

"她真是可怜,是不是?"希拉·伦德尔说。

"我觉得简直变态，不是吗？"罗宾说。

"都是因为她的母亲，"莫林说，"有些母亲真的是专门剥削子女，不是吗？"

这时她对上了厄普沃德太太古怪的眼睛，她的脸突然红了。

"难道我在剥削你吗，罗宾？"厄普沃德太太问。

"妈咪！当然不是！"

为了掩饰尴尬，莫林急忙谈起她养的爱尔兰猎狼犬的情况。谈话变得很专业。

厄普沃德太太果断地说道：

"你无法摆脱遗传，不管是人还是狗。"

希拉·伦德尔喃喃地说：

"你不觉得是环境的因素吗？"

厄普沃德太太打断她的话。

"不，亲爱的，我不这么认为。环境的影响是很表面的，没有多少。人们血管里流的血才是最重要的。"

赫尔克里·波洛好奇地看着希拉·伦德尔红扑扑的脸蛋。她似乎有点过于激动地说：

"但是，这太残酷了，这不公平。"

厄普沃德太太说："生活就是不公平的。"

约翰尼·萨摩海斯慢吞吞懒洋洋的声音加入进来。

"我赞同厄普沃德太太的话。血统决定论。这一直是我的信条。"

奥利弗太太诧异地说："你是说有些事情会代代相传，一直传到第三代、第四代吗？"

莫林·萨摩海斯突然用她甜美的高音说：

"但是有句话不是说：'要使众生皆得赦。'"

每个人似乎都有些尴尬，也许是这句严肃的话语有些不合时宜。

他们纷纷向波洛发问以转移话题。

"跟我们说说麦金蒂太太的案子，波洛先生，为什么你认为那个郁郁寡欢的房客不是凶手？"

"他经常一边在小巷里走来走去，一边嘀嘀咕咕，"罗宾说，"我经常见到他。而且他看起来真的相当古怪。"

"你认为他不是凶手，一定有一些理由，波洛先生。请告诉我们吧。"

波洛微笑地看着他们。他捻了捻胡子。

"如果他没有杀她，那么是谁干的？"

"是的，谁干的？"

厄普沃德太太干巴巴地说："别为难他。他可能怀疑我们中的一个。"

"我们中的一个？哦！哦！"

在一片喧闹声中，波洛的目光对上厄普沃德太太的。她的眼中除了有欢乐还有别的东西。挑战？

"他怀疑我们中间的一个，"罗宾欣喜地说，"喂，莫林，"他摆出一副威胁的样子，"案发那天晚上你在哪里？"

"十一月二十二日。"波洛说。

"在二十二日的夜里？"

"老天，我不知道。"莫林说。

"毕竟过去这么久了，谁也不记得了。"伦德尔说。

"嗯，我记得，"罗宾说，"因为我那晚在电台广播。我开车去科尔波特，做一个关于戏剧的评论。我记得很清楚，因为我在广播里正好讨论了高尔斯华绥《银盒》中的一个清洁工角色，第二天麦金蒂太太就遇害了,所以我当时很好奇,剧中那个清洁工是否就像她一样。"

"是的,"希拉·伦德尔突然说,"我也记得,因为你说你妈妈会独自一人,因为珍妮特那天晚上不在,让我吃完饭后来到这里陪她。可惜的是我来了叫门她听不见。"

"让我想想,"厄普沃德太太说,"哦!是的,当然了。我那天因为头痛已经上床睡觉了,我的卧室又对着后花园。"

"第二天,"希拉说,"当我听到麦金蒂太太被杀害,我心想'哦哦',我也许在黑夜里和凶手擦肩而过呢,因为一开始我们都以为这肯定是某个流浪汉干的。"

"嗯,我还是不记得当时我在做什么,"莫林说,"不过我确实记得第二天早上的事。消息是面包师告诉我们的。'老麦金蒂太太被人杀了。'他说。我还奇怪她怎么没有像往常一样露面呢。"

她哆嗦了一下。

"这真是太可怕了,不是吗?"她说。

厄普沃德太太还是看着波洛。

他心想:"她是个非常聪明的女人,也是个无情的人。还很自私。无论她做了什么,都会毫不犹豫,而且毫无悔意……"

一个细细的声音说话了,非常急促,像在发牢骚。

"你找到什么线索了吗,波洛先生?"

说话的是希拉·伦德尔。

约翰尼·萨摩海斯晦暗的脸顿时一亮。

"对了,就是线索,"他说,"我看侦探小说的时候最喜欢线索了。线索对侦探来说就是意味着一切,而对你来说就什么都不是,直到最后你才恍然大悟。你能不能给我们一个小小的线索,波洛先生?"

大家笑着,一张张恳求的面孔朝着他。对他们所有人来讲这就是一个游戏(或者对其中某个人来讲不是)。但谋杀不是游戏,谋杀是危险的。你想不到有多危险。

波洛出其不意地从口袋里掏出四张照片。

"你们想要线索吗?"他说,"瞧!"

他动作夸张地把照片扔到桌子上。

他们都围上来,低头弯腰,七嘴八舌地议论着。

"看!"

"多么可怕的老古董!"

"看看那玫瑰。'玫瑰,玫瑰,我爱你!'"

"我的天,看看那帽子!"

"多么可怕的孩子!"

"不过她们是谁?"

"流行真是可笑,对吗?"

"那个女人年轻的时候一定很漂亮。"

"不过,这些为什么是线索?"

"她们是谁?"

波洛逐一地观察他们的表情。

没有什么意料之外的反应。

"你们没有认出任何人吗?"

"认出?"

"我应该说,你们以前有没有见过这些照片?但是,啊,厄普沃德太太?你认出了什么,是吗?"

厄普沃德太太迟疑了一下。

"是的,我认为——"

"是哪一张?"

她伸出食指,落在了莉莉·甘波尔那张戴着眼镜、稚气未脱的脸上。

"你见过这张照片?什么时候——"

"最近……是在哪里……不,我不记得了。但我敢肯定,我见过一张这样的照片。"

她坐在那里,皱着眉头,眉毛全都拧在了一起。

直到伦德尔太太和她说话,她才回过神来。

"再见,厄普沃德太太。我真心希望你哪天感到舒服一点了,能来我家喝茶。"

"谢谢你,亲爱的。如果罗宾愿意推我上山的话。"

"当然愿意,妈咪。因为推轮椅,我已经锻炼出了最发达的肌肉。你还记得那天我们去韦瑟比家的情形吗,路是如此泥泞——"

"啊!"厄普沃德太太突然说。

"怎么啦,妈咪?"

"没什么。继续说。"

"那天再次把你推上山,开始是轮椅打滑,后来是我的脚打滑。我还以为我们回不了家了呢。"

说说笑笑了一阵,大家一起告辞了。

波洛心想,酒精的确可以让人的嘴巴放松……

他把这些照片摆出来,究竟是聪明呢还是愚蠢?

还有那个姿势也是酒精作用的结果吗?

他不知道。

但是,他向大家道了个歉,转身回去了。

他推开门走向房子。通过他左手边打开的窗户,他听到有两个声音,是罗宾和奥利弗太太的声音。奥利弗太太说得很少,而罗宾滔滔不绝。

波洛推开门,从右边的门走进他几分钟前才离开的那个房间。厄普沃德太太正坐在壁炉前。脸色相当难看。她想得十分入神,他进来吓了她一跳。

听到他咳嗽了一下轻声道歉,她抬起头,目光锐利地盯着他。

"哦,"她说,"是你,吓了我一跳。"

"很抱歉,夫人。你本来以为是别人吗?你以为是谁呢?"

她没有回答,只是说:

"你落了什么东西在这儿吗?"

"我担心我落下的是危险。"

"危险?"

"也许,对你而言是危险。因为你刚才认出了其中一张照片。"

"不能说我认出了。老照片看起来都是一模一样。"

"听着,夫人。麦金蒂太太也认出了其中一张照片,至少我这么认为。而麦金蒂太太死了。"

厄普沃德太太眼里闪过一丝意想不到的幽默,她说:

"麦金蒂太太死了。她怎么死的?伸出她的脖子,就像我一样。你是这个意思吗?"

"是的。如果你知道什么,任何事,现在就告诉我。这样会更安全。"

"亲爱的先生,事情没这么简单。我还不能肯定我知道什么,当然没什么像事实一样确定无疑。模糊的回忆是非常棘手的事。必须先弄清楚是怎么回事,以及何时何地,你明白我的意思吧。"

"但在我看来,你已经有了明确的想法。"

"这还不够。有各种因素需要考虑。现在催我也没有用,波洛先生。我不是那种仓促做决定的人。我有我自己的想法,我需要时间来慢慢考虑。下定决心之后,我会行动的。但必须等我准备好了。"

"你是个喜欢遮遮掩掩的女人,夫人。"

"也许吧,就某点而言。知识就是力量。力量必须用在要害处。请原谅我这么说,你也许不明白我们英国乡村的生活方式。"

"换句话说,'你只是一个该死的外国人'。"

厄普沃德太太微微一笑。

"我不会那么粗鲁。"

"如果你不想跟我说,你可以告诉斯彭斯警监。"

"我亲爱的波洛先生。不能是警察。现在还不是时候。"

他耸耸肩。

"我已经警告过你。"他说。

他非常肯定,厄普沃德太太记得十分清楚,她是在何时何地看过那张照片。

第十四章

1

"果然不错,"第二天早上,波洛自言自语道,"春天来了。"

他前一天晚上的担忧似乎毫无根据。

厄普沃德太太是个聪明的女人,可以照顾好自己。

然而,她的表现还是引起了他的好奇心。他根本不明白她的反应。显然,她不想让他插手。她认出了莉莉·甘波尔的照片,但她打定主意要单枪匹马地去干。

波洛走在花园的小路上,一边思索着这些问题,冷不防被他身后的声音吓了一跳。

"波洛先生。"

伦德尔太太静悄悄地走过来,波洛没有听到她走过来的声音。从昨天开始,他一直有些疑神疑鬼的。

"对不起,夫人。你吓了我一跳。"

伦德尔太太僵硬地笑了笑。如果说他很紧张,那么,他认为,伦德尔太太比他还要紧张。她的一只眼皮不停地眨着,双手不安地绞在一起。

"我,我希望没有打扰你。也许你很忙。"

"不,我不忙。天气很好。我喜欢春天的感觉。萨摩海斯太太的房子总是有气流。"

"气流——"

"在英国你们叫穿堂风。"

"是的，是的，我想是这么叫的。"

"窗户关不上，门也一直敞开着。"

"那是一栋摇摇欲坠的房子。当然，萨摩海斯夫妇过得如此拮据，他们也无能为力。如果我是他们，我就不管那老房子了。我知道它已经在家族传承了几百年，但现如今我们不能感情用事，死守这些老东西不放。"

"是的，现如今我们不讲感情了。"

一阵沉默。波洛用眼角的余光看着那双白皙紧张的手。他等着她主动开口。她突然开口。

"我想，"她说，"当你，嗯，调查案件时，总是会找一个借口吧？"

波洛考虑着这个问题的答案。虽然他没有看她，但他非常清楚她在一旁紧盯着他。

"正如你说的，夫人，"他不置可否地回答，"这是为了方便行事。"

"为了解释你为什么在那里，还有为什么问那些问题。"

"这是比较便利的。"

"为什么？你到底为什么到布罗德欣尼来，波洛先生？"

他有些惊讶地望着她。

"但是，我亲爱的女士，我告诉过你，为了调查麦金蒂太太之死。"

伦德尔太太厉声说：

"我知道你是这么说的。但是，这太荒谬了。"

波洛扬起眉毛。

"是吗?"

"当然了。没有人会相信的。"

"但是我向你保证,事实就是如此。"

她眨了眨浅蓝色的眼睛,看向别处。

"你不愿意告诉我。"

"告诉你什么,夫人?"

她突然又话锋一转。

"我想问问你——关于匿名信的事。"

"怎么?"看她停住不说,波洛鼓励道。

"匿名信总是胡编乱造,不是吗?"

"有时是谎言。"波洛谨慎地说。

"通常是。"她坚持着。

"我不知道是否可以这么说。"

希拉·伦德尔激动地说:

"都是胆小,奸诈,卑鄙的事情!"

"是的,我同意。"

"你不会相信匿名信里说的事吧,对吗?"

"这是个很难回答的问题。"波洛严肃地说。

"我不会。我不会相信那种东西。"

她激动地说:

"我知道你为什么来这里了。那不是真的,我告诉你,那不是真的。"

她迅速转身走开了。

波洛感兴趣地挑了挑眉毛。

"现在怎么办?"他问自己,"我是继续原来的调查方向呢?

还是说,我又发现了一条新路线?"

这一切让他觉得很迷惑。

伦德尔夫人坚称他到这里来肯定不仅是为了调查麦金蒂太太的死因。她认为,这只是一个借口。

她真的这么认为吗?还是说,他自忖道,她是想把他引入歧途?

匿名信和这个案子有什么关系?

伦德尔太太会是厄普沃德太太口中"最近看到"的照片的正主吗?

换句话说,伦德尔太太就是莉莉·甘波尔吗?莉莉·甘波尔回归社会后,最后听说是在爱尔兰。伦德尔医生是不是在那里结识他的妻子并结婚,而对她的历史一无所知?莉莉·甘波尔接受了速记员的培训。她的职业很容易和医生有交集。

波洛摇了摇头,叹了口气。

一切皆有可能。但他必须去求证。

一阵寒风骤起,太阳隐没在空中。

波洛打了个哆嗦,沿着原路回去了。

是的,他必须去求证。如果他能找到谋杀的凶器——

就在那一刻,突如其来的一种奇怪的感觉让他相信,他看见了那件凶器。

2

后来,他回想起来,是不是在潜意识里他早已经看到它了呢。很可能,自从他来到长草地旅馆以来,它就一直立在那里……

就在靠窗那个放着杂物的书架上。

他想:"为什么我之前从来没有注意到呢?"

他把它拿起来,放在手里掂了掂分量,检查,平衡,试着挥了挥——

莫林像往常一样匆匆忙忙地走进来,两只狗陪着她。她的声音欢快友好,她说:

"咦,你在玩敲糖斧?"

"敲糖斧?它叫这个名字吗?"

"是的。敲糖斧,或叫敲糖锤,我不知道究竟哪个名字对。样子很有趣,对吗?上面还有一只小鸟,多么幼稚啊。"

波洛把它拿在手里小心地翻转察看。它由黄铜制成,形状像一把扁斧,有点重,边缘很锋利。各处镶嵌着彩色的石头,有蓝的,有红的。在它的顶端是一只呆板的小鸟,镶着绿松石的眼睛。

"可爱的杀人武器,是不是?"莫林漫不经心地说。

她把它从他的手里拿过,在空中比画着劈了一劈。

"太容易了,"她说,"那首《国王的牧歌》是怎么说的?'对准,砍掉他的脑袋。'我觉得用这把斧头可以把任何人的脑袋砍掉,是吗?"

波洛看着她。她长满雀斑的脸平静又快活。

她说:

"我告诉过约翰尼,如果有一天我受够了他,我会怎么干。我把它叫作妻子最好的朋友!"

她大笑着,把敲糖斧放下,转身朝门口走去。

"我来这里是要干什么呢?"她沉思道,"我想不起来了……真烦!我最好去看看平底锅里的布丁还需不需要加水。"

在她走到门口之前,波洛叫住了她。

"这个是你从印度带回来的吗?"

"哦,不是,"莫林说,"是在圣诞节的义卖集市上买的。"

"义卖集市?"波洛感到不解。

"就是二手物品交易集市,"莫林解释道,"在牧师住宅举办的。你把自己家里不想要的东西带去,买回一些你觉得还不算太糟糕的。当然,几乎没有什么你真正想要的。我买了这个敲糖斧和那个咖啡壶。我喜欢咖啡壶的壶嘴和敲糖斧上的小鸟。"

咖啡壶是个小小的铜壶,有一个大大弯弯的壶嘴,波洛觉得眼熟。

"我觉得它们来自巴格达,"莫林说,"至少我听韦瑟比夫妇是这么说的。或者,可能是来自波斯。"

"那么这些东西以前是韦瑟比家的?"

"是啊。他们家不要的东西堆成堆了。我必须要走了。去看看布丁。"

她出去了。门重重地关上。波洛重新拿起敲糖斧,走到窗口。

刀刃上有极淡的污渍。

波洛点了点头。

他犹豫了一下,然后把敲糖斧带出了房间,拿到自己的卧室。在那里,他用纸和绳子把斧子细心包好,装在一个盒子里,才走下楼,离开了房子。

他认为没人会注意到敲糖斧不见了。毕竟这不是一所整洁的房子。

3

在金链花庄园,合作进行得极为艰难。

"但是我真的觉得不应该让他当个素食主义者，亲爱的，"罗宾反对道，"太挑食了。这绝对会有损他的魅力。"

"我无能为力，"奥利弗太太固执地说，"他一直是个素食主义者。他还随身携带一个压碎胡萝卜和萝卜的小工具。"

"但是，阿里阿德涅，宝贝儿，为什么呢？"

"我怎么知道？"奥利弗太太生气地说，"我怎么知道我为什么会创造这个讨厌的人？我一定是疯了！为什么是芬兰人，我根本对芬兰一无所知？为什么吃素？为什么他要有这些白痴的行为举止？只是自然而然就这样了。你尝试了一下，人们似乎喜欢这样设定，然后你继续，等你醒悟过来之前，你的生活已经彻底被令人抓狂的斯文·赫森捆绑了。甚至还有人写信说你一定非常喜欢他。喜欢他？要是我在现实生活中遇到了这样骨瘦如柴，又高又难看，还吃素的芬兰人，我会亲手杀了他，比我自己书中用的手段还要高明。"

罗宾·厄普沃德崇拜地望着她。

"你知道吗，阿里阿德涅，这可能是个绝妙的主意。一位真正的斯文·赫森是你谋杀了他。你可以写一本封笔之作，在你去世后出版。"

"绝不可能！"奥利弗太太说，"那钱怎么办？写谋杀赚到的每分钱我都想马上拿到手。"

"是的，是的。这一点我与你不谋而合。"

一脸憔悴的剧作家大步走来走去。

"这个英格丽越来越讨人厌了，"他说，"酒窖那场戏真的是很了不起，但我不知道下一个场景怎么办，如何防止虎头蛇尾。"

奥利弗太太沉默了。她觉得，场景是罗宾·厄普沃德需要头痛的，不关她的事。

罗宾不满地瞪了她一眼。

那天早上，由于变化多端的情绪，奥利弗太太不喜欢自己好像被海风吹拂过的发型。所以她用刷子蘸水把灰白头发紧紧地贴在自己头皮上。她那高高的额头，硕大的眼镜，严厉的语气，让罗宾不禁想起小时候特别害怕的一位学校里的老师。他发现越来越难称呼她"亲爱的"，甚至连"阿里阿德涅"的名字都有点叫不出口了。

他气恼地说：

"你知道，我今天心情不好。也许是昨天杜松子酒喝多了。咱们把剧本放一放，先谈谈选角的问题吧。如果我们能请到丹尼斯·卡罗里，那就太棒了，但他最近都在拍电影。还有珍·贝鲁斯来扮演英格丽是再合适不过，而且她愿意出演。埃里克，正如我所说的，我为埃里克这个角色动了不少脑筋。我们今晚一起去小瑞普剧院，好吗？你可以告诉我你对塞西尔的看法。"

奥利弗太太满怀希望地答应了这个提议，罗宾打电话去了。

"好啦，"他回来说道，"都安排好了。"

4

晴朗的早晨并未持续多久，不久便乌云密布，天色阴沉沉的像要下雨。波洛穿过茂密的灌木丛，向亨特庄园的大门走去，他觉得自己不会喜欢住在这种山脚下的山谷中。房子被树木环抱，墙上也爬满常春藤。他想，这房子需要樵夫的斧头。（斧头，敲糖斧？）

他按了门铃，没有人应门，于是他又按了一遍。

来开门的是迪尔德丽·亨德森。她似乎很惊讶。

"哦，"她说，"是你。"

"我可以进来和你说话吗？"

"我，嗯，好的，我想可以。"

她带他走进昏暗的小客厅，他上次来也是在那里等候。在壁炉架上他认出了莫林家那个小咖啡壶的大哥。其巨大的鹰钩鼻似的壶嘴，带有东方猛禽的色彩，称霸了这间西方的小房间。

迪尔德丽抱歉地说："恐怕今天我们有些招待不周。我们的女佣，那个德国姑娘就要走了。她在这里才待了一个月。其实她到这儿干活只是当个跳板，她到英国来似乎是为了和什么人结婚。而现在，他们安排妥当了，她今天晚上就要离开了。"

波洛咂咂舌头。

"真不体谅人。"

"是的，可不是？我继父说这是不合法的。但即使这是不合法的，只要她想走，要去结婚，我想不出我们有什么办法拒绝。要不是我发现她在收拾衣服，我们甚至不知道她要离开。她完全有可能一声不吭就走了。"

"唉，这种年纪的人不知道为他人着想。"

"是的，"迪尔德丽木然地说，"我想是这样的。"

她用手背擦了擦额头。

"我累了，"她说，"我很累。"

"是的，"波洛温柔地说，"我想你一定很累。"

"你来有什么事，波洛先生？"

"我想问你关于一把敲糖斧的事。"

"敲糖斧？"

她的脸上一片茫然，不明所以。

"黄铜做的工具，上面有一只小鸟，镶着蓝色、红色、绿色的石头。"波洛仔细地描述。

"哦，是的，我知道。"

她的声音没有表现出任何兴趣或情绪波动。

"我想那斧子原来是这个房子里的？"

"是的。我母亲在巴格达的集市上买的。是我们拿到牧师住宅去卖掉的一件东西。"

"义卖会，对吗？"

"是的。我们这儿这种交易会很多。让人们捐钱很难，但家里总是能找到些东西送出去的。"

"所以这把斧子一直在这里，在这所房子里，直到圣诞节你把它带到义卖会卖掉？是这样吗？"

迪尔德丽皱起了眉头。

"不是圣诞节义卖会。是更早一次的。收获节那次。"

"收获节是什么时候？十月？九月？"

"九月底。"

小房间里静悄悄的。波洛看着女孩，她也看看他。她的面孔温和，没有表情，也没有表现出兴趣。他试图去猜测她这一片冷漠的背后有什么。也许，什么都没有。也许，正如她说的，只是累了……

他轻声地，急切地问：

"你能肯定是收获节义卖会吗？不是圣诞节？"

"非常肯定。"

她的目光很稳，一眨不眨。

波洛等着。他继续等着……

但是，他没有等到什么。

他郑重地说：

"我不能再耽误你的时间了,小姐。"

她送他走到前门。

不一会儿,他又回到了行车道上。

两种不同的说法,不可能相符的说法。

莫林·萨摩海斯还是迪尔德丽·亨德森?

如果这把敲糖斧的确如他想的那样是凶器,时间点就至关重要。收获节是九月底。麦金蒂太太被害是十一月二十二日,介于收获节和圣诞节之间。在那个时候,敲糖斧的主人是谁?

他去了邮局。斯威特曼太太总是能帮上忙,而且她总是很尽心。她说这两次义卖会她都去了,她每次都去的。你可以在那里淘到不少好东西。她也会早点去帮忙布置摊位。虽然大多数人都是临时把东西带去,没有事先送去。

一把铜锤,有点像斧头,镶着彩色宝石和一只小鸟?不,她记不清楚了。有太多这样的东西了,又很乱,有些东西一拿出来就被人买走了。嗯,也许她记得类似的一样东西——标价五先令,和一个铜咖啡壶一起卖,但那个咖啡壶的壶底破了个洞,不能用了,只能当装饰。但她不记得是什么时候。也许是圣诞节,也许是之前。她没有注意……

她接过波洛的包裹。寄挂号邮件吗?是的。

她抄下地址。他注意到,她把收据递给他的时候,犀利的黑眼睛里闪过一丝感兴趣的神情。

赫尔克里·波洛慢慢地步行上山,心里暗自琢磨。

两个人里,莫林·萨摩海斯丢三落四,活泼开朗,粗心大意,更有可能弄错。收获节或圣诞节,对她来说可能都一样。

迪尔德丽·亨德森,慢慢吞吞,笨手笨脚,但对于时间和日期的记忆可能要准确得多。

然而，还有一个令人烦恼的问题。

在他提出那个问题后，为什么她并没有问他为什么要这么问？这是免不了要问的，很自然不是吗？

但迪尔德丽·亨德森什么也没问。

第十五章

1

"有人打电话给你。"当波洛进屋的时候,莫林从厨房里喊道。

"打电话给我?是谁?"

他有点惊讶。

"不知道。不过我把号码记在我的配给本上了。"

"谢谢你,夫人。"

他走进餐厅,来到书桌前。在电话旁一堆杂乱的纸张中,他找到了配给本,上面写着——吉尔切斯特三五〇。

拿起电话听筒,他拨通了那个号码。

随即一个女人的声音说:

"布瑞瑟与史考特事务所。"

波洛一下就猜到了。

"我能和莫德·威廉姆斯小姐通话吗?"

过了一会儿,一个低沉的女声说:

"我是威廉姆斯小姐。"

"我是波洛。是你打电话给我吧。"

"是的,是的,是我打的。是关于你那天问我的楼房的事。"

"楼房？"波洛愣了一下。随即他意识到莫德说话会被别人听到。也许她之前是趁独自一人在办公室的时候才给他打电话的。

"我明白了。是关于詹姆斯·本特利和麦金蒂太太谋杀案一事吧？"

"对了。我们能帮你什么忙吗？"

"你愿意帮忙。你旁边是不是有人？"

"是的。"

"我明白了。仔细听好。你真心想要帮詹姆斯·本特利吗？"

"是的。"

"你愿意辞去现在的工作吗？"

对方没有任何犹豫。

"是的。"

"你愿意去做女佣吗？可能要到不是很好相处的人家。"

"是的。"

"你能马上来这里吗？比如说，明天？"

"哦，是的，波洛先生。我认为这可以办得到。"

"听明白我要你做的事。你要当一名帮佣——住家的那种。你会烧菜吗？"

对方的声音里带着一丝笑意。

"相当棒。"

"谢天谢地，这可真难得！听好了，我马上就去吉尔切斯特。午餐时间我们在上次见面的那家咖啡馆碰头。"

"好的。"

波洛放下电话。

"真是个令人钦佩的年轻姑娘，"他想，"思维敏捷，有主见，甚至，还会做饭……"

他费了好大劲儿才从一本养猪的手册里翻到当地的电话簿，找到韦瑟比家的电话号码。

接电话的是韦瑟比太太。

"喂？喂？我是波洛。你还记得我吗，夫人？"

"我不记得——"

"赫尔克里·波洛。"

"哦，是的，当然，请见谅。今天家里乱成一团——"

"我打电话给你正是因为这个原因。我听说了你们的麻烦。"

"真是忘恩负义——这些外国女孩。我们帮她付了到这儿来的路费，还有其他一切费用。我真痛恨忘恩负义的人。"

"是的，是的。我深表同情。这真是太过分了，所以我才要赶紧告诉你，也许我有个解决的办法。我恰巧认识一个年轻姑娘想要找一份帮佣的工作。不过，恐怕她没受过专门的培训。"

"哦，现如今也没什么事情好培训的。她会做饭吗？很多人都不会做饭。"

"是的，是的，她会做饭。那么把她送到你家好吗——至少试用一段时间？她的名字叫莫德·威廉姆斯。"

"哦，麻烦你了，波洛先生。你真好。有总比没有好。我的丈夫是如此挑剔，一旦家务活没做好，他就会生亲爱的迪尔德丽的气。我们不能指望男人明白如今事事都不容易。我——"

通话中断了一下。韦瑟比太太跟一个刚进入房间的人说话，虽然她把手捂在话筒上，波洛还是能听到她略微低沉的声音。

"是那个小个子侦探，他认识一个人可以来顶替弗里达。不，不是外国人，谢天谢地，是英国人。他真是太好心了，真的，他似乎很关心我。哦，亲爱的，不要反对。这有什么关系？你知道罗杰的怪脾气。嗯，我认为这很好，我想她不会太差劲。"

和旁边的人说完话,韦瑟比太太万分和气地说:

"太感谢你了,波洛先生。我们感激不尽。"

波洛放下听筒,看了看表。

他走到厨房。

"夫人,我不在这里吃午饭。我得去吉尔切斯特。"

"谢天谢地,"莫林说,"我没及时看好布丁,它煮干了。不过我觉得没关系,只是有一点点焦。万一吃起来味道不好,我想我可以开一瓶去年夏天做的覆盆子果酱。虽然浮面好像有点发霉,不过他们说这没关系。对身体其实有好处。实际上就是青霉素。"

波洛离开了房子,庆幸今天烧焦的布丁和相当于青霉素的果酱没他的份。到蓝猫咖啡馆吃通心粉、蛋奶和李子比莫林·萨摩海斯的即兴作品要好太多了。

2

在金链花庄园发生了一个小冲突。

"当然了,罗宾,你一忙戏剧的事,就把什么都忘了。"

罗宾懊悔不已。

"妈咪,我非常抱歉。我忘了今天晚上珍妮特放假。"

"这根本不打紧。"厄普沃德太太冷冷地说。

"这当然很重要。我会打电话给瑞普剧院,告诉他们我们改在明天晚上去。"

"不必了。你既然安排好今天晚上去,那就今天晚上去。"

"不过说真的——"

"就这么决定了。"

"我让珍妮特改天晚上再放假吧?"

"当然不行。她不喜欢她的计划被打乱。"

"我敢肯定她不会介意。我来跟她说——"

"不必多事了,罗宾。不要让珍妮特烦心。别再提这事了。我不想当个扫别人兴的无聊的老太婆。"

"妈咪,亲爱的——"

"够了。你去好好玩吧。我知道要请谁来陪我。"

"谁?"

"这是我的秘密,"厄普沃德太太说,她的兴致又回来了,"别大惊小怪,罗宾。"

"我会打电话给希拉·伦德尔——"

"我自己会打电话,谢谢。就这么定了。你出门前煮好咖啡,装在咖啡壶里,放到我旁边,我随时可以打开。哦,你最好再多准备一个杯子,说不定我会有客人。"

第十六章

在蓝猫咖啡馆吃午餐时,波洛向莫德·威廉姆斯大致说明了要求。

"你明白你要找的是什么了吧?"

莫德·威廉姆斯点了点头。

"你处理好事务所的工作了?"

她笑了。

"我给自己发了一份电报。我的姑姑病危!"

"很好。我还有一件事要说。在村子里有一个逍遥法外的凶手。这可不是一件很安全的事情。"

"你是在警告我吗?"

"是的。"

"我可以照顾好自己。"莫德·威廉姆斯说。

"这句话,"赫尔克里·波洛说,"也许可以标注为'著名的遗言'。"

她又笑了,这次是爽朗的大笑。附近的桌子有一两个人转头看她。

波洛心中暗自赞赏。这是个强大而自信的年轻姑娘,充满活力,不畏艰难并且渴望冒险。为什么?为什么她会倾心于他?他又想起詹姆斯·本特利,他温和颓废的声音和毫无生气的冷漠表情。造化真的奇妙有趣。

莫德说：

"是你要我这样做的，不是吗？为什么又突然劝阻我？"

"因为如果我提出了任务，就必须说明白其中的利害关系。"

"我认为自己不会有任何危险。"莫德自信地说。

"此刻我也这么认为。布罗德欣尼没人认识你吧？"

莫德想了一下。

"是——的，我想没人认识。"

"你去过那里吗？"

"去过一两次，当然是为了公事。最近只去过一次，大约五个月前。"

"你看见谁了？你去过哪些地方？"

"我去见一个老太太，卡斯泰尔斯太太还是卡莱尔太太，我记不清她的名字了。她在这儿附近买了一栋小房子，我带了一些文件和表格，还有勘查员的报告去见她。她住在你住的那个类似旅馆的地方。"

"长草地旅馆？"

"就是它。一栋看着不怎么舒服的房子，有很多狗。"

波洛点点头。

"你见到萨摩海斯太太或者萨摩海斯少校了吗？"

"我见过萨摩海斯太太，我想那是她。她领我到卧室。那个老太太躺在床上。"

"萨摩海斯太太会记得你吗？"

"我想不会。就算她记得也没有关系，不是吗？毕竟，如今人们常常换工作。但我不认为她正眼瞧过我，她那种人不会。"

莫德·威廉姆斯的声音里有淡淡的苦涩。

"你在布罗德欣尼还见到过别的人吗?"

莫德相当尴尬地说:

"嗯,我见到了本特利先生。"

"啊,你见到了本特利先生。碰巧吧。"

莫德在椅子里不安地扭了一下。

"不,事实上,我事先给他寄了一张明信片。告诉他我那天会来。问他愿不愿意和我见一面。那边没有什么地方可去的,是个弹丸之地,连咖啡馆、电影院这些设施都没有。所以我们只在我等公共汽车的时候在车站聊了几句。"

"是在麦金蒂太太死之前的事吗?"

"哦,是的。不久以前。因为几天后,报纸上就登出麦金蒂太太遇害的消息了。"

"那次本特利先生和你提起过他的房东吗?"

"我认为没有。"

"你和布罗德欣尼的其他人说过话吗?"

"嗯,只有罗宾·厄普沃德先生。我听过他的广播。看到他走出家门,我认出了他,因为我见过他的照片,于是向他要了签名。"

"他签给你了吗?"

"哦,是的,他人很好。我没有带本子,但我找到一张信纸,他就马上掏出钢笔签了名。"

"你还认识布罗德欣尼的其他人吗?"

"嗯,当然,我认识卡朋特夫妇。他们经常来吉尔切斯特。他们的车很漂亮,卡朋特夫人的衣服也华丽。大约一个月前她举办了一次义卖。听说卡朋特先生将是我们下一任议员。"

波洛点点头。然后他从口袋里掏出一直随身带着的信封。他把四张照片摊在桌上。

"你认不认识这些——怎么啦?"

"是斯考特先生。他刚刚走出大门。我希望他没看到我和你在一起,否则会有点奇怪。你知道的,人们都在谈论你。说你是从巴黎派来的——索瑞泰或什么组织的。"

"我是比利时人,不是法国人,不过没关系。"

"这些是什么照片?"她俯下身去,仔细研究起来,"这些照片都很老了,不是吗?"

"最老的一张是三十年前。"

"这些老式的衣服看起来非常愚蠢。女人穿起来都像傻瓜。"

"你以前有没有见过她们?"

"你是问我认不认识照片里的女人,还是有没有见过照片?"

"两个问题都有。"

"我感觉好像见过这张照片。"她用手指指着雅尼丝·科特兰的钟形帽子,"在什么报纸上吧,但我不记得是什么时候了。那个孩子看起来有点面熟。但我也不记得什么时候见过。有一段时间了。"

"所有这些照片都登在麦金蒂太太被害前那个星期天的《星期日彗星报》上。"

莫德目光灼灼地看着他。

"这些照片与案子有关吗?所以你要我——"

她没有把这句话说完。

"是的,"波洛说,"正是这个原因。"

他从口袋里又拿出别的东西给她看。是从《星期日彗星报》上剪下来的文章。

"你最好看一看。"他说。

她仔细看着。闪亮的金色脑袋凑在剪报上。

然后,她抬起头来。

"所以就是她们?你从这文章里得到的想法?"

"你说得没错。"

"但我还是不明白——"她沉默了片刻,思考着。波洛没有说话。不管他对自己的想法有多么得意,他总是愿意听听其他人的想法。

"你觉得这其中的某个人就在布罗德欣尼?"

"可能是,也可能不是?"

"当然。任何人都可能在任何地方……"她的手指指着伊娃·凯恩那张傻笑着的漂亮脸蛋,接着说:"她现在应该很老了,差不多是厄普沃德太太那个年纪。"

"差不多。"

"我在想,那种女人,一定有不少人恨她。"

"这是一种想法,"波洛慢慢地说,"是的,这是一种想法。"他又说:"你还记得克雷格案吗?"

"谁会不记得?"莫德·威廉姆斯说,"杜莎夫人蜡像馆都有他的蜡像呢!我当时还只是一个孩子,但报纸总是把他的案子拿来和其他案件比较。我觉得这个案子永远也不会被人忘记,你说呢?"

波洛猛地抬起头。

他不知道她的声音里为什么有种突如其来的伤感。

第十七章

奥利弗太太感觉完全不知所措,她竭力缩到剧院化妆室的角落里。可是她的身躯并不适合躲藏,反而愈加醒目。光彩照人的年轻人,用毛巾擦去脸上的油彩,都围着她,不时给她送来温热的啤酒。

厄普沃德太太后来的心情已经完全好转了,她催他们出发,祝他们玩得开心。罗宾出发前为她安排好了一切,让她能够舒舒服服的,上车后他还跑回去了好几趟,务求一切尽善尽美。

最后一次他笑嘻嘻地回来了。

"妈咪刚刚打了个电话,这个坏家伙还是不肯告诉我她给谁打了电话。不过我敢打赌,我知道是谁。"

"我也知道。"奥利弗太太说。

"嗯,你说是谁?"

"赫尔克里·波洛。"

"是的,我也猜是他。她要好好地拷问拷问他。妈咪确实喜欢她的小秘密,不是吗?好了,亲爱的,关于今晚的演出。你一定要如实告诉我,你觉得塞西尔怎么样,他是否符合你心目中的埃里克这个角色……"

不消说,塞西尔·里奇丝毫不符合奥利弗太太心目中埃里克的形象。可以说,没人比他更不像的了。她倒是挺喜欢那出戏的，但随后的"庆功会"仍然让她觉得是可怕的磨难。

罗宾，当然是如鱼得水。他和塞西尔（至少奥利弗太太认为那是塞西尔）贴在墙边，聊个没完。奥利弗太太被塞西尔吓坏了，她更喜欢那个叫迈克尔的演员，此刻就在和他说话。迈克尔至少没要求她搭腔，实际上，迈克尔似乎更喜欢自己滔滔不绝地讲。有个叫彼得的人偶尔会插上几句，但基本上都是迈克尔在说。

"罗宾真是太可爱了，"他说，"我们一直在催他来看演出。但是当然了，他完全被那个可怕的女人抓在手心里，不是吗？整天曲意逢迎。可是罗宾真的很出色，你不这么认为吗？相当出色。他不应该牺牲在母权的祭坛上。女人有时真可怕，是不是？你知道她是怎么对待可怜的亚历克斯·罗斯科夫吧？将近一年的时间都对他关怀备至，后来发现他根本不是什么俄罗斯流亡贵族。当然，他告诉她的是一些夸大其词的故事，很有趣，我们都知道那不是真的，但谁在乎呢？后来，当她发现他只是一个伦敦东区小裁缝的儿子，她马上抛弃了他。我的天啊。我真讨厌这种势利的人，你说呢？亚历克斯离开她才叫幸运呢。他说，她有时候相当可怕的。他认为她头脑有点不对劲。还有她那脾气！罗宾，亲爱的，我们在谈论你那了不起的妈妈。可惜她今天晚上不能来。不过奥利弗太太大驾光临真是太棒了。她的那些谋杀故事真是精彩至极。"

一位声音低沉的老人抓住奥利弗太太的手，紧抓不放。

"我该怎么感谢你呢？"他用低沉忧郁的语调说，"你救了我的命，救了我许多次。"

后来他们都来到空气新鲜的室外，穿过马路到了一家"小马头"酒吧，到那里继续喝酒聊天去了。

等到奥利弗太太和罗宾开车回家的时候，奥利弗太太已经筋疲力尽。她靠在椅背上，闭目养神。而罗宾却说个不停。

"你觉得这个主意还行吧，是吗？"他终于说完了。

"什么？"

奥利弗太太猛地睁开了眼睛。

她刚才沉浸在对家的怀念之中。墙上贴满了异国情调的鸟儿和奇花异草图案的壁纸。一张松木桌子，打字机，黑咖啡，还有无处不在的苹果……多么幸福，灿烂又孤独的幸福！作家离开自己的秘密领地是个多么错误的决定。作家是害羞而不善交际的生物，靠的是虚构的同伴和交谈来弥补自己社交能力的不足。

"恐怕你累了。"罗宾说。

"其实不是真的累。真相是，我不擅长与人交往。"

"我喜欢人，你不喜欢吗？"罗宾快活地说。

"不喜欢。"奥利弗太太斩钉截铁地说。

"但是你应该喜欢。看看你书里那些形形色色的人。"

"那不一样。我觉得树比人要好多了，更令人心安。"

"我离不开人，"罗宾道出一个显而易见的事实，"他们能激发我的灵感。"

他把车停到金链花庄园的门口。

"你先进去，"他说，"我把车停好"。

奥利弗太太像平时一样艰难地从车里钻出来，走上小径。

"门没锁。"罗宾喊道。

门的确没锁。奥利弗太太推开门走了进去。房间里都没有开灯，她不禁觉得女主人的待客之道有些不足。难道是为了节俭？有钱人常常很节俭。大厅里有股香味，一种颇为独特昂贵的香水味道。奥利弗太太一时疑心自己是否走错了房子，后来她找到了电灯的开关,按了下去。

四方形门厅低矮的橡木横梁上的灯光亮起。客厅的门半开着,她瞥见了一只脚。厄普沃德太太竟然还没有上床睡觉。她一定是坐在椅子上睡着了,因为灯没开,她应该睡着了好长一段时间。

奥利弗太太走到门口,打开了客厅的灯。

"我们回来了——"她刚开口就停住了。

她的手抚上喉咙。她觉得那里发紧,想叫却叫不出声。

她的声音低低的:

"罗宾——罗宾……"

过了一会儿,她才听到他吹着口哨走上小径,她连忙转身跑向他,在门厅和他碰上。

"不要去那里,不要去。你的母亲,她,她死了。我想,她被人杀死了……"

第十八章

1

"手法干净利落。"斯彭斯警监说。

他那张乡下人的红扑扑的脸上满是怒意。他看着对面正襟危坐的波洛。

"利落又毒辣,"他说,"她是被勒死的,用丝巾——她自己的丝巾,当天系的那条。只需在脖子上一绕,两头交叉,一拉就行。干净,利落,高效。印度的暴徒都是这么干的。被害人完全无法挣扎或喊叫,因为颈动脉被勒住了。"

"需要受过专门训练吗?"

"可能,也不一定必要。如果你打算这样做,可以在书上找到相关的知识。实际操作并不困难。尤其是当受害人完全没提防的时候。她当时毫无戒备。"

波洛点点头。

"是她认识的人。"

"是的。她们一起喝了咖啡。她面前有一个杯子,客人面前也有一个。客人杯子上的指纹已经被非常仔细地擦掉了,但口红比较难擦掉。杯子边缘还隐隐有口红的痕迹。"

"那么,是一个女人干的?"

"你也认为凶手是女人,是吗?"

"哦,是的。是的,看情况应该是的。"

斯彭斯继续说道:

"厄普沃德太太认出了其中一张照片——莉莉·甘波尔的照片。因此,它与麦金蒂谋杀案是有关联的。"

"没错,"波洛说,"它与麦金蒂谋杀案有关联。"

他想起厄普沃德太太当时语带调笑地说:

"麦金蒂太太死了。她怎么死的?"

"伸出她的脖子,就像我一样。"

斯彭斯继续说:

"凶手找了一个看似便利的时机。厄普沃德太太的儿子和奥利弗太太出门去剧院了。她打电话给那个人,让那人来见她。你是这么推测的吧?她在玩侦探游戏。"

"差不多吧。好奇心作祟。她把秘密藏在心底,但她想打探更多消息。她丝毫没有意识到她做的是极其危险的事情。"

波洛叹了口气。"很多人把谋杀当成游戏。这可不是游戏。我告诉过她的。但她听不进去。"

"是的,我们知道。嗯,这都和事实对得上。罗宾与奥利弗太太准备出发时,他曾跑回屋里,他母亲刚刚给某人打完电话。她不肯说打给谁。故意玩神秘。罗宾和奥利弗太太还以为是打给你的。"

"我真希望是打给我的,"波洛说,"你不知道她打给谁吗?"

"不知道。你知道的,这儿的电话都是直接拨号的。"

"女佣也帮不上忙吗?"

"帮不上。她大约十点半回来的——她有后门的钥匙。她径直回自己的房间了。她的房间和厨房相通。然后她就上床睡觉了。当时房子里没开灯,她以为厄普沃德太太已经睡了,而其他人还没有回来。"

斯彭斯说:

"她耳朵有点聋,脾气也相当古怪。很少注意到周边的情况。我猜想她是活儿干得不多,牢骚却不少的人。"

"不是一个忠仆吗?"

"哦!不是。她来厄普沃德家还没几年。"

一位警员探进头来。

"有一位年轻的女士要见你,先生,"他说,"她说有些事要告诉你。是关于昨晚的。"

"关于昨晚的?请她进来。"

迪尔德丽·亨德森走了进来。她面色苍白,神情紧张,和平常一样显得举止笨拙。

"我想我最好还是来一趟,"她说,"希望没有打扰你们。"她抱歉地加了一句。

"一点也不会,亨德森小姐。"

斯彭斯起身,推了一把椅子到她面前。她像个女学生一样笨拙地坐下。

"昨天晚上的什么事?"斯彭斯鼓励道,"你是说,和厄普沃德太太有关吗?"

"是的,这是真的吗,她真的是被谋杀的?邮局的人和面包师都这么说。妈妈说这不可能是真的——"她停了下来。

"恐怕你妈妈这次说得不对。这是千真万确的。那么,你有事情想告诉我们吗?"

迪尔德丽点了点头。

"是的,"她说,"要知道,我在那儿。"

斯彭斯的态度起了一点变化。或许是更温和了，但也更有官方的威严了。

"你在那里，"他说，"在金链花庄园。什么时候？"

"我不知道确切的时间，"迪尔德丽说，"应该是八点半到九点之间。大概接近九点。反正是在晚饭以后。她打电话给我。"

"厄普沃德太太打电话给你吗？"

"是的。她说，罗宾和奥利弗太太要去卡伦奎的剧院，她会独自一人在家，问我愿不愿意去陪她一起喝杯咖啡。"

"你去了吗？"

"是的。"

"你和她喝咖啡了？"

迪尔德丽摇摇头。

"没有，我到了那里——敲了敲门。但没人应答。所以，我打开门，走进了门厅。天很黑，我从外面看到客厅里没有灯光。所以我很困惑。我叫了两声'厄普沃德太太'，但没有人回答。所以，我想肯定是弄错了。"

"你觉得可能是什么错误呢？"

"我想也许她最终还是和他们一起去剧院了。"

"没有告诉你吗？"

"这的确有些奇怪。"

"你想不出任何其他的解释吗？"

"嗯，我想也许弗里达传错了话。她确实有时会把事情搞错。毕竟她是个外国人。昨天晚上她又很兴奋，因为她要离开了。"

"你后来做了什么，亨德森小姐？"

"我离开了。"

"回家？"

"是的——我是说，我先去散了会儿步。天气相当不错。"

斯彭斯沉默了一会儿，看着她。波洛注意到，他一直在盯着她的嘴巴。

此刻，他回过神来，轻快地说：

"好了，谢谢你，亨德森小姐。来告诉我们这些情况，你做得很对。非常感谢你。"

他站起身来，与她握了握手。

"我觉得我应该来，"迪尔德丽说，"妈妈不希望我这样做。"

"她不希望吗？"

"但我想我最好还是来一趟。"

"做得很对。"

他送她出去再回来。

他坐下来，敲着桌子，看着波洛。

"没有涂口红，"他说，"还是仅仅今天早上没有涂？"

"不，不是仅仅今天没涂。她从来就不用口红。"

"现在看来这很奇怪，是不是？"

"她是个非常奇怪的姑娘，发育不良。"

"而且也没有喷香水，至少我没有闻到。奥利弗太太说昨晚房子里有一种独特的香味——她说是昂贵的香水气味。罗宾·厄普沃德证实了这一点。不是他母亲使用的香水气味。"

"我想这姑娘都不会用香水。"波洛说。

"我不这么想，"斯彭斯说，"虽然看起来有点像一所老式女子学校的曲棍球队队长，但她应该有三十多岁了。"

"不错。"

"发育不良，你是这么说的吗？"

波洛想了想。然后，他说这事没这么简单。

"她不符合条件,"斯彭斯皱着眉头说,"没有口红,没有香水。而且既然她有个健在的母亲,而莉莉·甘波尔的母亲在莉莉·甘波尔九岁的时候,在加的夫一次醉酒斗殴中死了。我看不出她怎么可能是莉莉·甘波尔。但是,厄普沃德太太昨晚打电话要她来——你就不能排除她。"他摸了摸鼻子,"这事不简单。"

"尸检报告怎么说?"

"没有太大帮助。所有的法医都说她可能是九点半以前死的。"

"所以,当迪尔德丽·亨德森来到金链花庄园时,她可能已经死了?"

"如果那姑娘没有说谎的话,可能是。如果她说的不是实话,那么说明她城府极深。她说妈妈不想让她到我们这里来。这是什么意思?"

波洛想了想。

"没什么特别的。母亲都可能这么说。你要知道,她是那种多一事不如少一事的人。"

斯彭斯叹了口气。

"所以我们现在知道迪尔德丽·亨德森在案发现场。或者有人在迪尔德丽·亨德森之前去了那里。一个女人。一个使用口红和昂贵的香水的女人。"

波洛喃喃地说:"你要调查——"

斯彭斯打断他。

"我要调查!只是现在还需要谨慎。我们不想打草惊蛇。伊芙·卡朋特昨晚在做什么?希拉·伦德尔昨晚在做什么?十之八九她们都在家里坐着。据我所知,卡朋特昨晚出席了一场政治集会。"

"伊芙，"波洛若有所思地说，"取名的风潮改变了许多，是不是？如今，你很少听到叫伊娃这个名字了。它已经过时了。但伊芙现在很流行。"

"她用得起昂贵的香水。"斯彭斯跟着自己的思路走。

他叹了口气。

"我们需要进一步调查她的背景。当个烈士遗孀是如此方便。你只需随时随地表现出悲痛的样子，悼念某个勇敢的年轻飞行员。没有人会问东问西。"

他转向另一个话题。

"你送来的那把敲糖斧还是什么的，我想你猜中了。那正是麦金蒂案中使用的凶器。法医认为和伤口吻合。而且上面还有血迹。当然它被清洗过了，不过他们不知道如今最新的试剂只需一点点血迹就能给出反馈。是的，正是人血没错。这样一来就又与韦瑟比夫妇和亨德森小姐扯上关系了。不是吗？"

"迪尔德丽·亨德森十分肯定这个敲糖斧在收获节义卖会上卖掉了。"

"而萨摩海斯太太则肯定是在圣诞节买的？"

"萨摩海斯太太什么事都肯定不了，"波洛沮丧地说，"她是个迷人的女人，但从不讲究秩序和方法。不过我有一点要告诉你，因为我就住在长草地旅馆，她家的门窗从来都是开着的。任何人，随便什么人，都可以拿走一些东西，用完再放回去，不管萨摩海斯少校还是萨摩海斯太太都不会注意到。如果真的发现敲糖斧不见了，她会以为是她的丈夫拿去宰兔子或砍柴了，而他会以为是她拿去剁喂狗的肉了。在那个家里，没有人正确使用工具，总是眼前有什么就用什么，用完又随便乱放。也没有人记得任何事情。如果我是那样过日子，一定会焦虑不已，但他们，他们似乎毫不在意。"

斯彭斯叹了口气。

"嗯，不过总算有个好消息，这个案子的疑点查清之前，他们暂时不会处死詹姆斯·本特利。我们向内政部长提交了一份申请。这给了我们当前最需要的东西——时间。"

"我想再见一见本特利，"波洛说，"既然我们现在又多掌握了一点情况。"

2

詹姆斯·本特利变化不大。也许，更瘦了一些，双手更局促不安，他还是一样安静而绝望。

赫尔克里·波洛说话十分谨慎。发现了一些新的证据。警察要重新调查此案。因此，还有希望……

但是詹姆斯·本特利并不抱希望。

他说：

"这都是白费力气。他们还能找到什么？"

"你的朋友都在尽力帮你。"赫尔克里·波洛说。

"我的朋友？"他耸耸肩，"我没有朋友。"

"你不应该这么说。最起码，你有两个朋友。"

"两个朋友？我想知道他们是谁。"

他的语气似乎并不真的想知道是谁，只是不相信罢了。

"首先，斯彭斯警监——"

"斯彭斯？斯彭斯？负责侦办我这个案子的警监？这简直滑稽。"

"一点也不滑稽。而是幸运。斯彭斯是一位非常精明又认真的警察。他要百分百确定没有抓错人。"

"他够确定了。"

"说来奇怪,他并不确定。所以我说,他是你的朋友。"

"这也算朋友!"

赫尔克里·波洛耐心等着。他觉得,即使是詹姆斯·本特利,也一定有一些人之常情。詹姆斯·本特利不可能完全没有人类的好奇心。

果然如此,过了一会儿,詹姆斯·本特利说:

"呃,另一位是谁?"

"另一位是莫德·威廉姆斯。"

本特利似乎没有反应过来。

"莫德·威廉姆斯?她是谁?"

"她曾在布瑞瑟与史考特事务所工作。"

"哦,威廉姆斯小姐。"

"正是那位威廉姆斯小姐。"

"但是,这与她有什么关系?"

这种时候,赫尔克里·波洛觉得詹姆斯·本特利的个性实在让人恼火,令人不由得希望他干脆就是麦金蒂太太谋杀案的真凶算了。不幸的是,本特利越惹恼他,他越倾向于赞同斯彭斯的观点。他发现越来越难以想象本特利会谋杀任何人。波洛确信,詹姆斯·本特利对待谋杀的态度,会是"反正也没什么用"。如果如斯彭斯所坚信的,狂妄自大是凶手的特征之一,那本特利绝不会是凶手。

波洛耐着性子说:

"威廉姆斯小姐对这件事有兴趣。她相信你是清白的。"

"我不明白她怎么能相信。"

"她了解你。"

詹姆斯·本特利眨了眨眼睛。他不情愿地说：

"我想她可能某种程度上了解我，但并不多。"

"你们在事务所一起工作，是不是？你们偶尔一起吃饭？"

"哦，是的，有一两次。蓝猫咖啡馆，非常方便，就在街对面。"

"你有没有跟她一起散过步？"

"事实上我们散过一次步。我们一起走上山坡。"

赫尔克里·波洛忍无可忍了。

"啊哟，难道我是要你承认一桩罪行吗？和一个漂亮的女孩子在一起，难道不是很自然的事吗？难道你不喜欢？难道你不觉得高兴吗？"

"我不明白有什么高兴的。"詹姆斯·本特利说。

"在你这个年龄，喜欢和女孩子在一起是理所当然的。"

"我不认识多少女孩子。"

"不说也看得出来！不过你应该对此感到羞愧，而不是自鸣得意！你认识威廉姆斯小姐。你与她共事，与她聊天，有时还与她一起吃饭，还曾经一起在山丘散步。但当我提起她时，你甚至不记得她的名字！"

詹姆斯·本特利脸红了。

"嗯，你要知道我向来不怎么和女孩子交往。而且她也算不上所谓的淑女，是不是？哦，她人很好，都很好，但我总觉得母亲会认为她太粗俗。"

"你自己怎么想才重要。"

詹姆斯·本特利的脸又红了。

"她的头发，"他说，"还有她穿的衣服。母亲，当然了，是守旧的。"

他停了下来。

"但是你觉得威廉姆斯小姐，我怎么说才好，和你脾气相投？"

"她总是很亲切，"詹姆斯·本特利慢慢地说，"但她并不真的——理解。她的母亲在她很小的时候就去世了。"

"后来你丢了工作，"波洛说，"又找不到新工作。威廉姆斯小姐和你曾在布罗德欣尼见过一次面，我说得对吗？"

詹姆斯·本特利看起来很沮丧。

"是的，是的。她来那边出差，给我寄了一张明信片。她要我和她见一面。我不明白为什么要这么做，我跟她并不是很熟。"

"但是你还是去见她了？"

"是的。我不想太失礼。"

"你带她去看电影或是吃饭了吗？"

詹姆斯·本特利看起来十分震惊。

"哦，没有。没那回事。我们，呃，只是在她等公共汽车的时候说了几句话。"

"啊，这个可怜的姑娘该有多开心啊！"

詹姆斯·本特利厉声说：

"我没带钱。你要明白这一点。我根本没有钱。"

"当然。那是麦金蒂太太遇害的前几天，是吗？"

詹姆斯·本特利点点头。他出人意料地说：

"是的，那是在星期一。她是星期三被杀的。"

"我要问你另一件事，本特利先生。麦金蒂太太订阅了《星期日彗星报》吗？"

"是的，她订了。"

"你有没有看她的《星期日彗星报》?"

"她有时会拿给我,但我并不怎么看。母亲不喜欢那种报纸。"

"所以你没有看那一周的《星期日彗星报》?"

"没有。"

"麦金蒂太太有没有提起那份报纸,或报纸上登的什么东西?"

"哦,是的,她提起过,"詹姆斯·本特利出人意料地说,"她说个不停!"

"哎呀呀。她说个不停。那她说了什么?仔细点。这很重要。"

"我现在记得不大清了。是关于一些过去的谋杀案。我想是克雷格,不,也许不是克雷格。总之,她说有个与案子有关的人现在住在布罗德欣尼。她一直说个不停。我不明白这与她有什么关系。"

"她有没有说是布罗德欣尼的哪个人?"

詹姆斯·本特利含糊地说:

"我想是那个儿子写剧本的女人。"

"她指名道姓地提到她了?"

"没有,我,这事真的过去很久——"

"我恳求你,再想想。你难道不想重获自由吗?"

"自由?"本特利听起来很吃惊。

"是的,自由。"

"我,是的,我想我真的——"

"那就再想想!麦金蒂太太说了什么?"

"嗯,好像是,'她还那么得意,觉得自己有多了不起。要是大家都知道了,还骄傲得起来吗'。还有'从照片上真看不出是同一个女人'。不过当然了,这是很久以前拍的。"

"但是,你怎么能确信她指的是厄普沃德太太呢?"

"我其实并不确定……我只是有这样的印象。她本来一直在说厄普沃德太太,后来我没兴趣,就没有继续听她说,然后,嗯,现在我想起来了,我真的不知道她说的是谁。你知道的,她说了很多话。"

波洛叹了口气。

他说:"我觉得她说的人不是厄普沃德太太。我认为是别人。如果你因为没有留意听别人讲话而被绞死,那真是太荒谬了……麦金蒂太太有没有经常跟你提起她工作的那些人家,或那些人家的太太们?"

"是的,有说起,但你问我也没用。你好像不明白,波洛先生,那个时候我有我自己操心的事。我非常焦急。"

"再焦急也没有你现在焦急!麦金蒂太太有没有提起卡朋特太太——她那时还是谢尔柯克太太,或者伦德尔太太?"

"卡朋特在山顶上有一栋新房子,还有一辆大轿车,是吗?他和谢尔柯克太太订了婚。麦金蒂太太总是非常瞧不起谢尔柯克太太。我不知道为什么。'飞上枝头变凤凰',她总是这样说。我不知道她是什么意思。"

"那么伦德尔夫妇呢?"

"他是医生,是吗?我不记得她说过他们俩什么。"

"那韦瑟比夫妇呢?"

"我记得她是怎么说他们的。"詹姆斯·本特利看起来有点得意。"'真受不了她,总是大惊小怪',这是她说太太的话。至于先生,'从来不吭声,好坏都不说'。"他停了一下。"她说,这不是一个幸福的家庭。"

赫尔克里·波洛抬起头。有那么一瞬间,詹姆斯·本特利的声音里包含了一些波洛以前没有听过的东西。他不是机械地复述他想起来的事。他的心思暂时摆脱了冷漠。詹姆斯·本特利在想着亨特庄园,想着那里的生活,想着那是否是一个不幸福的家庭。詹姆斯·本特利正在投入地思考。

波洛轻声说:

"你认识他们?母亲?父亲?还是那个女儿?"

"不算真正认识。是那只狗,一只锡利哈姆犬。它被捕兽夹夹住了。它无法解开。我帮了它。"

本特利的语气里再次含有了一些新的东西。"我帮了它。"他说,声音里隐隐带着自豪。

波洛想起奥利弗太太曾告诉他,她与迪尔德丽·亨德森谈话的内容。

他轻轻地说:

"你们交谈过?"

"是的。她,她告诉我,她母亲吃了不少苦。她很爱她的母亲。"

"你跟她说了你母亲的事?"

"是的。"詹姆斯·本特利简单地回答。

波洛没说什么。他等着。

"生活是很残酷的,"詹姆斯·本特利说,"一点都不公平。有些人似乎从来没有得到过幸福。"

"有可能。"波洛说。

"韦瑟比小姐。我不认为她有过多少幸福。"

"是亨德森小姐。"

"哦,是的。她告诉过我,那是她的继父。"

"迪尔德丽·亨德森,"波洛说,"悲伤女神迪尔德丽。一个很美的名字,不过听说她不是一个漂亮的姑娘,是吗?"

詹姆斯·本特利脸红了。

"我觉得,"他说,"她长得挺好看……"

第十九章

"现在好好听我说。"斯威特曼太太说。

埃德娜抽了抽鼻子。她一直在听斯威特曼太太说话。这场谈话已经无可救药了,一直在兜圈子。斯威特曼太太把同样的话说了好几遍,最多只是稍微改变一下措辞。埃德娜一直抽泣着,时不时大哭几声,只是重复着她自己的两点主张:第一,她办不到!第二,爸爸会活剥了她的皮。

"这有可能,"斯威特曼太太说,"但谋杀就是谋杀,你看到就是看到了,你不可能置身事外。"

埃德娜抽了抽鼻子。

"你应该——"

斯威特曼太太话没说完,因为韦瑟比太太进来买一些毛线针和毛线。

"有些日子没见到你了,夫人。"斯威特曼太太欢快地说。

"是的,我最近身体不太好,"韦瑟比太太说,"我的心脏,你知道的。"她深深地叹了一口气,"我得整天躺着。"

"我听说你终于找到帮手了,"斯威特曼太太说,"这种浅色的毛线你得配深色的毛线针。"

"是的。她还算能干,菜也烧得不错。可是她那举止!还有穿着打扮!染发,穿着最不得体的紧身裙。"

"哎,"斯威特曼太太说,"如今的女孩子都没有受过正当的训练。我母亲十三岁就开始给人帮佣,她每天早上四点四十五就起床了。最后她当上了女仆首领,手下有三个女仆。她也好好地训练了她们。但是现在不一样了——现在的女孩都没有受过训练,她们只是接受过教育,像埃德娜那样。"

两个女人都看看埃德娜,她正靠在邮局柜台上,一边抽泣一边吮着一块薄荷糖,两眼无光地发着呆。作为受过教育的一个例子,她对教育体系毫无彰显之功。

"厄普沃德太太的事太可怕了,是不是?"在韦瑟比太太继续挑选毛线针颜色的时候,斯威特曼太太接着聊天。

"太可怕了,"韦瑟比太太说,"他们开始都不敢告诉我。后来听他们一说,我心悸得厉害。我很敏感的。"

"我们大家都震惊不已,"斯威特曼太太说,"至于小厄普沃德先生,他都要崩溃了。那个女作家为了照顾他忙得团团转,直到医生来给他打了镇静剂才好些。他现在住到了长草地旅馆,因为家里实在不能待了。这也难怪。珍妮特·古鲁姆回老家投奔侄女了,房子的钥匙由警方保管。写谋杀小说的那位女士回伦敦去了,不过侦讯的时候她会回来。"

斯威特曼太太津津有味地透露这些消息。她对自己的消息灵通引以为豪。韦瑟比太太急于知道后来发生了什么事,买针线也不精挑细选了,很快就付了钱。

"真烦人,"她说,"这让人觉得整个村子都很危险。一定有一个疯子。一想到我自己亲爱的女儿那天晚上也在外面,我就感觉到害怕。她也可能被袭击,甚至被杀。"韦瑟比太太闭上眼睛,晃了晃身子。斯威特曼太太好奇地看着她。韦瑟比太太睁开眼,颇为威严地说:

"这个地方应该派人巡逻。天黑后年轻人都不应该出门。家家户户都要锁好门窗。你知道长草地旅馆的萨摩海斯太太从来不锁门。甚至在夜里,她把后门和客厅的窗户开着,方便猫狗进出。我认为这么做简直疯了,但她说他们一直就这样,如果小偷想进来,他们总是有办法的,锁不锁门都一样。"

"估计小偷到长草地旅馆也偷不到什么东西。"斯威特曼太太说。

韦瑟比太太同情地摇摇头,拿着刚买的东西走了。

斯威特曼太太和埃德娜继续她们先前的争论。

"知情不报对你没好处,"斯威特曼太太说,"对的就是对的,谋杀就是谋杀。实话实说。这就是我的意见。"

"爸爸会活剥了我的皮,他肯定会的。"埃德娜说。

"我会跟你爸爸说。"斯威特曼太太说。

"我还是做不到。"埃德娜说。

"厄普沃德太太死了,"斯威特曼太太说,"你看到了一些警察不知道的事情。你受雇于邮局,是不是?你是一名政府公仆。你必须尽到你的责任。你要去找伯特·海灵——"

埃德娜哭得更大声了。

"伯特不行,我不能去找他。这样一来大家就都知道了。"

斯威特曼太太犹豫地说:

"那么去找那位外国先生。"

"外国人不行,我不能去找他。外国人不行。"

"好吧,也许你是对的。"

一辆汽车伴随着刺耳的刹车声停在了邮局外面。

斯威特曼太太眼睛一亮。

"那是萨摩海斯少校。你把这一切告诉他,他会告诉你怎么做。"

"我做不到。"埃德娜说，但语气缓和了一些。

约翰尼·萨摩海斯抱着三个大得惊人的纸箱，步履蹒跚地走进邮局。

"早上好，斯威特曼太太，"他高兴地说，"这些没有超重吧？"

斯威特曼太太以公事公办的姿态处理着包裹。当萨摩海斯先生在贴邮票时，她开口了。

"对不起，先生，有件事我想听听你的意见。"

"什么事，斯威特曼太太？"

"你是这儿的人，先生，最清楚该怎么做。"

萨摩海斯点点头。他对于英国乡村固守的封建思想有种莫名的感动。村民们对他知之甚少，只是因为他的父亲、祖父、曾祖父，祖祖辈辈在长草地居住，他们就理所当然地认为有事要请教他，听从他的意见。

"是关于埃德娜。"斯威特曼太太说。

埃德娜抽噎着。

约翰尼·萨摩海斯疑惑地看看埃德娜。他想，他从没见过这么不讨人喜欢的女孩子。活像只被剥了皮的兔子，似乎还有些傻。显然她不可能遇上什么真正的"麻烦"。要是那样，斯威特曼太太也不会来征求他的意见。

"好吧，"他亲切地说，"有什么困难吗？"

"是关于谋杀，先生。谋杀发生的那天夜里，埃德娜看到了一些事。"

约翰尼·萨摩海斯深沉的目光快速地从埃德娜转到斯威特曼太太，又转回埃德娜。

"你看到了什么,埃德娜?"他问。

埃德娜开始抽泣。斯威特曼太太替她说话。

"当然了,我们听到人们说这说那。有些是谣言,有些是真的。但据说这是千真万确的,那天晚上有一位女士与厄普沃德太太一起喝咖啡。是这样吗,先生?"

"是的,我相信是这样。"

"我知道这是真的,因为我们是从伯特·海灵那里听说的。"

阿尔伯特·海灵是当地的警察,萨摩海斯认识他。他是个说话慢吞吞,自视甚高的人。

"我明白了。"萨摩海斯说。

"但是他们不知道那个女士是谁,是吧?是这样,埃德娜看见她了。"

约翰尼·萨摩海斯看着埃德娜。他噘起嘴,好像要吹口哨似的。

"你看见她了,真的吗,埃德娜?进去还是出来?"

"进去,"埃德娜说,她隐隐觉得自己的重要性,话也不自觉多了起来,"我当时在马路对面的树下。就在小路出来拐角的暗处。我看见她了。她走到大门那儿,在门口站了一会儿,然后,然后她走了进去。"

约翰尼·萨摩海斯的眉头展开了。

"没错,"他说,"是亨德森小姐。警察都知道的。她告诉他们了。"

埃德娜摇摇头。

"不是亨德森小姐。"她说。

"不是她!那么是谁呢?"

"我不知道。我没有看到她的脸。她走上小路和站在门口都背对着我。但肯定不是亨德森小姐。"

"但是如果你没有看到她的脸,你怎么知道不是亨德森小姐?"

"因为她是金发。而亨德森小姐的头发是深色的。"

约翰尼·萨摩海斯看起来有些不相信。

"那天夜里天很黑。你应该看不出头发的颜色。"

"但是我真的看见了。门廊那里有灯。应该是特地开着的,因为罗宾先生和写侦探小说的夫人一起去剧院了。她穿着黑色大衣,没有戴帽子,她的头发金灿灿的。我看到了。"

约翰尼慢慢地吹了一声口哨。他的眼神现在非常严肃。

"那是什么时候?"他问。

埃德娜抽了抽鼻子。

"我不太清楚。"

"你知道是什么时候。"斯威特曼太太说。

"还不到九点钟。否则我会听到教堂的钟声。但是八点半之后。"

"介于八点半到九点钟。她在那里待了多久?"

"我不知道,先生。我没有等下去。而且我也没有听到什么声音。没有呻吟,没有叫喊,什么声音都没有。"

埃德娜似乎觉得有点可惜。

本来就不会有呻吟声和叫喊声。约翰尼·萨摩海斯知道这一点。他严肃地说:

"嗯,那只有一件事可做。必须报告给警方。"

埃德娜呜呜地哭了起来。

"爸爸会活剥了我的皮,"她呜咽着,"他肯定会的。"

她用哀求的目光看看斯威特曼太太,然后飞快地跑进了里屋。斯威特曼太太能干地接过话。

"是这样的，先生，"她回应萨摩海斯询问的眼神说，"埃德娜一直表现得像个傻瓜。她爸爸很严厉，也许有点过分严厉了，但现在很难说怎么做才是最好的。卡拉文有个不错的小伙子，他和埃德娜交往了一段时间，关系不错，她的爸爸也很高兴，但雷格不太主动，你也知道现在的女孩子是什么样的。埃德娜后来又认识了查理·马斯特。"

"马斯特？是农夫科尔家的工人吧，是不是？"

"是的，先生。是个农场工人。而且已经结婚了，有两个孩子。成天追求女孩子，是个坏家伙。埃德娜丧失了理智，她的爸爸禁止他们来往。做得完全正确。所以，你看，埃德娜那天晚上去卡拉文和雷格一起看电影，至少她是这么告诉她爸爸的。但实际上她是去和马斯特约会了。她在小路拐弯那儿等他，他们平时好像都是约在那儿。结果，他没来。也许他的妻子不让他出门，也许他又追求别的女孩子去了，反正没来。埃德娜等了又等，最后还是放弃了。现在你明白了吧，如果要她解释她在那里做什么，而不是坐公共汽车去卡拉文的话，她就尴尬了。"

约翰尼·萨摩海斯点点头。其貌不扬的埃德娜竟然能够迷住两个男人，这令他颇想不通，不过他压下这不相干的好奇，先处理实际的问题。

"她不想去找伯特·海灵说这件事。"他理解地说。

"是的，先生。"

萨摩海斯很快想了想。

"恐怕这事必须报告给警察。"他温和地说。

"我也是这么跟她说的，先生。"斯威特曼太太说。

"不过他们可以委婉地处理，呃，这种特殊情况。也许她不用去做证。而且她说的事他们也会保密。我可以打电话给斯彭斯，请他到这里来。不，最好还是我开车送小埃德娜到吉尔切斯特去。如果她去那边的警察局，这里就没人会知道这件事了。我要先给他们打个电话，告诉他们我们就现在就过去。"

所以，一通简短的电话后，斯威特曼太太替抽抽噎噎的埃德娜扣好大衣的扣子，鼓励地拍拍她的背，送她上了萨摩海斯的小货车。车子向吉尔切斯特方向疾驰而去。

第二十章

赫尔克里·波洛在吉尔切斯特斯彭斯警监的办公室里。他仰靠在椅背上，双眼紧闭，两手放在身前，手指相扣。

警监刚刚收到几份报告，对下属作了指示，然后望着对面的波洛。

"有什么灵感了吗，波洛先生？"他问道。

"我在想，"波洛说，"在回顾。"

"我忘了问你。你去见詹姆斯·本特利，获得什么有用的信息了吗？"

波洛摇摇头。他皱起了眉头。

他刚才确实一直在想詹姆斯·本特利。

实在是令人气恼，波洛无奈地想，他无偿接下这个案子，完全是出于对一位正直的警察的友谊和尊重，可是没想到本案的这位受害者却是这样没有魅力的一个人。波洛最近读了不少英语诗歌。诗集里提到的要么是可爱的少女，一脸茫然和无辜；要么是英俊正直的年轻人，也是一脸茫然，但"宁死不屈"。可是，他碰到的却是詹姆斯·本特利，一个绝无仅有的颓废，完全以自我为中心，从来没有想过他人的人。一个忘恩负义的人，对于这些正在努力救他的人不仅不感激，甚至可以说不感兴趣。

真的，波洛心想，既然他自己也不在乎，还不如让他被绞死算了……

不,他不要胡思乱想了。

斯彭斯警监的声音打断了他的遐想。

"我们的会面,"波洛说,"可以说一无所获。本特利应该记得的事都不记得,记住的事又模糊不清,根本成不了证据。不过不管怎么样,有一点可以确定,麦金蒂太太看了《星期日彗星报》非常兴奋,而且和本特利专门提到'某个与案子有关的人'住在布罗德欣尼。"

"是哪个案子?"斯彭斯警监焦急地问。

"我们的朋友不能肯定,"波洛说,"他不大确定地提过克雷格案,但可能他只听说过克雷格案,所以才记得。但'某个人'是个女人。他甚至还记得麦金蒂太太的原话。说某人'要是大家都知道了,还骄傲得起来吗。'"

"骄傲?"

"是啊,"波洛赞赏地点点头,"挺有暗示性的一个词,是不是?"

"不知道这位骄傲的女士是谁吗?"

"本特利说是厄普沃德太太。但据我看没有确凿的理由!"

斯彭斯摇摇头。

"大概因为她是一个高傲的女人吧,确切地说应该是专横。但不可能是厄普沃德太太,因为厄普沃德太太死了,死亡的原因和麦金蒂太太一样,因为她认出了某张照片。"

波洛难过地说:"我警告过她。"

斯彭斯愤愤地说道:

"莉莉·甘波尔!从年龄来推算,就只有两种可能,伦德尔太太和卡朋特太太。我没有算上亨德森小姐,她的身世清楚。"

"其他两位不清楚吗?"

斯彭斯叹了口气。

"你知道现在的情况。战争搅乱了一切人和事。莉莉·甘波尔待过的教养院的所有记录都被炸弹炸毁了。再说到人。世界上最难调查的就是人。以布罗德欣尼为例,布罗德欣尼我们了解的唯一一户人家是萨摩海斯家,他们家在这里已经有三百年之久。还有盖伊·卡朋特,他是工程世家卡朋特家族的人。其他所有人,我该怎么说,流动人口?伦德尔医生是注册医生,我们知道他在哪里受训,在那里开业,但我们不知道他的家庭背景。他的妻子来自都柏林附近。伊芙·谢尔柯克在嫁给盖伊·卡朋特之前,是一个年轻漂亮的烈士遗孀。但是人人都可以冒充年轻漂亮的烈士遗孀。再拿韦瑟比来说,他们似乎满世界跑,四处奔走。为什么?是否有什么原因?他是挪用了银行公款?还是闹过什么丑闻?我不是说我们查不到他们的底细。可以查,但需要时间。这些人可不会帮你。"

"因为他们都有所隐瞒。虽然不一定与谋杀有关。"波洛说。

"确实如此。可能是法律上的麻烦,也可能是出身低微,也可能是丑闻或绯闻。但不管是什么,他们都费尽心思去遮掩,因此就更难揭穿。"

"但不是不可能。"

"哦,是的。不是不可能。只是需要时间。正如我说的,如果莉莉·甘波尔在布罗德欣尼,她要么是伊芙·卡朋特,要么是希拉·伦德尔。我询问过她们。只是例行公事。我是这么说的。她们说,她们都待在家里——一个人。卡朋特太太瞪着无辜的大眼睛,伦德尔太太很紧张。但她本来就紧张兮兮的,这说明不了什么。"

"是的，"波洛若有所思地说，"她是那种神经紧张的人。"

他在想起伦德尔太太到长草地旅馆的情形。伦德尔太太收到一封匿名信，或者她自称如此。他现在和当时一样，还是怀疑这事的真实性。

斯彭斯继续说道：

"我们必须要小心，假如其中一人有罪，而另一人是无辜的。"

"而盖伊·卡朋特有望成为国会议员，又是当地的重要的人物。"

"如果他犯了谋杀罪或是帮凶，他的身份对他一点帮助都没有。"斯彭斯铁面无私地说。

"我知道。但是你必须查清楚，是不是？"

"是的？反正你同意是她们两个中的一个吧？"

波洛叹了口气。

"不，不，我不会这么说。还有其他可能性。"

"例如？"

波洛沉默了片刻，然后他换了种语气，几乎是漫不经心地说：

"人们为什么要留着照片呢？"

"为什么？天知道人们为什么要留着各种各样的东西——垃圾，废物，零碎的东西。他们就是这样，没什么理由！"

"某种程度上我同意你的看法。有些人就是喜欢保存东西，有些人则用完就丢。这个，应该是性格原因。不过，我现在讲的是照片。人们为什么要特意留着照片呢？"

"正如我说的，只是因为他们不喜欢扔东西。否则就是因为照片可以让他们想起——"

波洛抓住了最后这个字眼。

"正是。照片让他们想起往事。现在我们又要问了,为什么?为什么一个女人要留着自己年轻时的照片?我觉得第一个原因是,从本质上讲,虚荣心。她曾经是个漂亮的姑娘,她留着自己的照片,可以想起自己曾经多么漂亮。当镜子照出衰老的容颜,照片可以给她安慰。也许,她可以告诉朋友,'那是十八岁的我……'然后她哀叹岁月的流逝。你觉得呢?"

"是的,是的,我觉得一点不假。"

"那么这就是第一个原因,虚荣心。现在我们看看第二个原因,怀旧。"

"这不是一样的事吗?"

"不,不,不完全是。因为这会让你不仅保存自己的照片,还有别人的照片。你嫁出去的女儿的一张照片。当她还是个孩子的时候,坐在壁炉前的地毯上,身上围着薄纱。"

"我是见过一些那样的照片。"斯彭斯笑了。

"是的。对照片中的人来讲有时很尴尬,但母亲们喜欢这样做。而儿女经常保存着他们母亲的照片,尤其是,比方说,如果他们的母亲早逝的话。'这是我母亲少女时代的照片'。"

"我开始跟上你的思路了,波洛。"

"而且还有第三种可能。不是虚荣,不是怀旧,不是爱,也许是恨,你说呢?"

"恨?"

"是的。为了保持复仇的欲望。有人伤害过你,你可能会保存一张照片来提醒自己,你觉得可能吗?"

"但是这种情况肯定不适用于这个案子吧?"

"为什么不?"

"你到底在想什么?"

波洛喃喃地说：

"报纸的报道往往不准确。《星期日彗星报》说，伊娃·凯恩是克雷格家的保姆。事实确实如此吗？"

"是的，是这样。但是我们不是一直在追查莉莉·甘波尔吗？"

波洛突然在椅子上坐直了身子。他冲斯彭斯摇了摇手指。

"看。看着莉莉·甘波尔的照片。她不漂亮，一点也不！坦率地说，长着那样的牙齿，戴着那样的眼镜，她极其难看。所以没有人会为了我们说的第一个理由保留着这张照片。没有一个女人会出于虚荣心保存这张照片。伊芙·卡朋特或希拉·伦德尔，她们都是漂亮的女人，尤其是伊芙·卡朋特，如果这张照片是她们本人，她们会把它撕成碎片，以免有人看到它！"

"嗯，有点道理。"

"因此，第一个原因排除。现在来看看怀旧。有没有人喜欢那个年纪的莉莉·甘波尔？莉莉·甘波尔的问题就在于没人爱她。她是一个没人要，没人爱的孩子。最喜欢她的人就是她的姑姑了，而她姑姑死在她的剁肉刀下。所以不会有人为了怀旧而保存这张照片。那么复仇呢？也没有人恨她。她杀害的姑姑是个孤独的女人，没有丈夫，也没有亲密的朋友。没人恨这个小贫儿，只有怜悯。"

"这么说，波洛先生，你的意思是，没有人会留着那张照片。"

"没错，这就是我思考的结果。"

"但确实有人留着。因为厄普沃德太太看到了。"

"是吗？"

"真讨厌。这还是你告诉我的。她亲口说的。"

"是的，她是这么说的，"波洛说，"但已故的厄普沃德太太是这样一个女人，一个神秘的女人。她喜欢按自己的方式处理事情。我出示这些照片，她认出了其中的一张。但后来，因为某种原因，她不想说出来。她想，我们可以说，用她自己喜欢的方式处理。所以，急中生智，她故意指了一张错误的照片，从而把秘密保留在自己心里。"

"但为什么？"

"因为，正如我说的，她要单枪匹马地去干。"

"不会是敲诈吧？她是一个非常富有的女人，你知道的，她是北部一个大工厂主的遗孀。"

"哦，不，不是敲诈。更有可能是恩惠。我想她挺喜欢那个当事人，她并不想泄露那个人的秘密。但尽管如此，她很好奇。她打算与对方私下谈一谈。而这样做的同时，也可以让她弄清楚那个人是否与麦金蒂太太的死有关系。大概类似的打算。"

"那么问题在于其他三张照片吗？"

"正是。厄普沃德太太想找机会与那个人接触。当她的儿子和奥利弗太太去卡伦奎看戏时，机会就来了。"

"她打电话给迪尔德丽·亨德森。这么一来迪尔德丽·亨德森又有嫌疑了。还有她的母亲！"

斯彭斯警监冲着波洛难过地摇了摇头。

"你真的喜欢把事情弄复杂，不是吗，波洛先生？"他说。

第二十一章

韦瑟比太太从邮局走回家,对于一个习惯自称行动不便的人,她的步履轻快地令人吃惊。

等她进了前门,才重新虚弱无力地走进客厅,瘫倒在沙发上。

召唤铃就在她手边,她按响了它。

没有动静,她又按了一次,这次她的手指在铃上多停留了一段时间。

不一会儿,莫德·威廉姆斯出现了。她穿着一件花罩衫,手里拿着一块抹布。

"是你按铃吗,夫人?"

"我按了两次。我按铃的时候,我希望马上就有人来。我有可能病得很严重。"

"对不起,夫人。我在楼上。"

"我知道你在楼上。你在我的房间里。我听到你的声音了。你把抽屉拉进拉出。我不知道你为什么这么做。你的工作可不包括窥探我的东西。"

"我没有窥探。我只是把你散落的东西收拾好放回去。"

"胡说。你们这些人都爱窥探隐私。我不许你这么做。我感觉很头晕。迪尔德丽小姐在哪里?"

"她带着狗散步去了。"

"真是愚蠢。她应该知道我会需要她。给我一杯牛奶,打一个鸡蛋进去,再加少许白兰地。白兰地在餐厅的餐具柜里。"

"只剩明天早餐的三个鸡蛋了。"

"明天有人不吃就行了。快点,好吗?不要站在那里看着我。还有,你的妆太浓了。这不得体。"

门厅传来狗吠声,迪尔德丽和她的锡利哈姆犬走了进来,莫德走了出去。

"我听见你的声音了,"迪尔德丽气喘吁吁地说,"你跟她说什么了?"

"没什么。"

"她看起来很生气。"

"我让她安守本分。不知轻重的姑娘。"

"哦,亲爱的妈妈,你非得这么做吗?如今请人这么难。而且她菜烧得很好。"

"难道她对我傲慢无礼也没关系吗!噢,算了,反正我也不会跟你在一起多久了。"韦瑟比太太翻了翻眼睛,喘了几下。"我走太多路了。"她喃喃地说。

"你不应该出去,亲爱的。为什么不告诉我你要出去?"

"我认为呼吸新鲜空气对我有好处。家里太闷了。不要紧,一个只会给别人添麻烦的人活着也没意思。"

"你不是麻烦,亲爱的。我不能没有你。"

"你是个好姑娘,但我看得出来,我让你多么厌倦和紧张。"

"没有的事,没有的事。"迪尔德丽激动地说。

韦瑟比太太叹了口气,垂下了眼皮。

"我——不能多说话,"她喃喃地说,"必须静静地躺会儿。"

"我去催莫德快点把蛋酒端来。"

迪尔德丽跑出了房间。匆忙间她的胳膊肘撞到了桌子,把一尊青铜神像碰到地上。

"笨手笨脚的。"韦瑟比太太皱了下眉,喃喃自语道。

门开了,韦瑟比先生走了进来。他在那里站了一会儿。韦瑟比太太睁开了眼睛。

"哦,是你呀,罗杰?"

"我不知道这些噪音是怎么回事。在这个家里想安安静静地看会儿书都不行。"

"是迪尔德丽,亲爱的。她带着她的狗。"

韦瑟先生弯腰从地上捡起青铜雕像。

"迪尔德丽这么大了,不该像无头苍蝇一样老是乱撞东西。"

"她只是有点笨拙。"

"嗯,她这个年纪了还笨手笨脚就太荒谬了。她就不能让她的狗别乱叫吗?"

"我会跟她说的,罗杰。"

"如果她把这里当成她的家,就必须考虑我们的感受,别搞得好像这个房子是她一个人的。"

"也许你想让我们离开这个家吧。"韦瑟比太太喃喃地说,透过半闭的眼睛,她看着她的丈夫。

"不,当然不是,当然不是。我们的家就是她的家。我只是希望她多上点心,举止更有礼貌一点。"他又说,"你出门了,伊迪丝?"

"是的。我刚才去了邮局。"

"可怜的厄普沃德太太的案子有新消息吗?"

"警察仍然不知道是谁干的。"

"他们似乎束手无策。动机是什么?谁会得到她的钱?"

"我想是她的儿子吧。"

"是的,是的,看起来真像是某个流浪汉干的。你应该告诉这个女孩,每天都要小心锁好前门。天黑以后开门必须上好链子。如今这些人都胆大包天,心狠手辣。"

"厄普沃德太太家好像没有丢东西。"

"不像麦金蒂太太。"韦瑟比太太说。

"麦金蒂太太?哦!那个清洁女工。麦金蒂太太与厄普沃德太太有什么关系?"

"她给她干活,罗杰。"

"别傻了,伊迪丝。"

韦瑟比太太又闭上了眼睛。韦瑟比先生走出房间后,她自顾自笑了。

她睁开眼睛,吓了一跳,莫德站在她前面,端着一杯酒。

"你的蛋酒,太太。"莫德说。

她的声音响亮而清脆。在死气沉沉的房子里回荡。

韦瑟比太太抬起头,隐隐有些警觉。

这个女孩长得人高马大。她站在韦瑟比太太前面,好像,好像一个"厄运女神"。韦瑟比太太心想,不知道为什么会想起这种字眼。

她用胳膊支起自己的身子,接过酒杯。

"谢谢你,莫德。"她说

莫德转身走出了房间。

韦瑟比太太仍感到隐隐不安。

第二十二章

1

波洛租了一辆车回到布罗德欣尼。

他很累,因为他一直在思考。思考总是让人筋疲力尽,而他的思考还不完全令人满意。就好像一个看得见的图案被织成一块布料,然而,尽管他拿着这块布料,却看不出到底是什么图案。

但答案就在那里。这是关键,答案就在那里。其中有一块图案素色淡雅,不容易被察觉。

他的车刚驶出吉尔切斯特,就碰到了萨摩海斯家的货车从对面开来。约翰尼开车带着一位乘客。波洛没有注意到他们。他仍然沉浸在思考中。

他回到长草地旅馆,走进客厅,把一把装满菠菜的滤锅从房间里最舒适的椅子上拿开,然后才坐了下来。头顶隐约传来打字机敲打的声音。那是罗宾·厄普沃德正在苦思一出戏的剧本。他告诉波洛,他已经撕掉三稿了。不知怎么,他就是无法集中精神。

罗宾可能会为他母亲的去世感到伤心,但他依然是罗宾·厄普沃德,最关心的还是他自己。

"妈咪,"他一本正经地说,"一定希望我继续我的工作。"

波洛听过很多人说同样的话。所谓死者的愿望是最方便的借口。失去亲人的人总是对逝者的愿望一清二楚，而这些愿望往往与自己的需求相符。

不过这次的情况可能是真的。厄普沃德太太对罗宾的工作很有信心，并深深以他为傲。

波洛靠在椅背上，闭上了眼睛。

他想着厄普沃德太太。厄普沃德太太究竟是一个什么样的人。他想起曾经听一名警察说过的一句话。

"我们要把他拆开，看看他是什么做的。"

厄普沃德太太是什么做的呢？

"砰"的一声响，莫林·萨摩海斯走了进来。她的头发疯狂地乱飘。

"我不知道约翰尼出了什么事，"她说，"他只是去邮局寄几份特别的包裹。几个小时前就应该回来了。我还想让他把鸡窝的门修好呢。"

波洛知道，一位真正的绅士，会自告奋勇地帮忙修鸡窝的门。但波洛没有这么做。他希望继续思考这两起谋杀案以及厄普沃德太太的性格。

"我也找不到农业部的表格了，"莫林继续说，"到处都找过了。"

"菠菜在沙发上。"波洛提供帮助。

莫林并不担心菠菜。

"表格是上周寄来的，"她若有所思地说，"我一定是把它放在什么地方了。也许是在我给约翰尼补套衫的时候。"

她快速搜了一遍写字台，把抽屉都拉出来。抽屉里大部分东西都被她胡乱地扔在地板上。赫尔克里·波洛痛苦地看着她。

突然,她发出胜利的呼喊。

"找到了!"

她高兴地从房间冲出去。

赫尔克里·波洛叹了口气,继续冥想。

梳理思路,讲究秩序和精准。

他皱起了眉头。凌乱地散落在地板上的东西分散了他的注意力。这种找东西的方式真是绝了!

秩序和方法。这才是最重要的。秩序和方法……

尽管他在椅子上侧过身去,仍然可以看到地板上那一堆混乱的东西。针线包,一堆袜子,信件,毛线,杂志,封蜡,照片,一件套头衫——

真是令人无法忍受!

波洛站起来,走到对面的写字台前,动作麻利地开始把地上的东西放回到打开的抽屉里。

套头衫,袜子,毛线,放第一个抽屉。封蜡,照片,信件,放第二个抽屉——

电话铃响了。

刺耳的铃声吓了他一跳。

他走到对面的电话那儿,拿起听筒。

"喂,喂,喂。"他说。

说话的声音是斯彭斯警监的声音。

"啊,是你,波洛先生。我正想找你。"

斯彭斯的声音几乎让人听不出来了。原本很焦虑的人忽然变成了自信满满的人。

"你说照片弄错了,害得我胡思乱想了许久,"他责备地说,"我们已经取得了新的证据。在布罗德欣尼邮局工作的那个女孩子，萨摩海斯少校刚刚带她过来。看来她在命案发生的那个晚上，正好站在房子对面，她看见一个女人进去，时间在八点半到九点之间。而且那个女人不是迪尔德丽·亨德森。是一个金发女人。这使我们又回到原来的猜想，绝对是她们两个人中的一个——伊芙·卡朋特和希拉·伦德尔。唯一的问题是，哪一个？"

波洛张了张嘴，但没有说话。他小心翼翼地把听筒放回支架上。

他站在那里，眼神空洞地盯着前方。

电话又响了。

"喂！喂！喂！"

"我能和波洛先生说话吗？"

"我就是赫尔克里·波洛。"

"我想也是。我是莫德·威廉姆斯。一刻钟后能到邮局吗？"

"我会到的。"

他放回听筒。

他低头看看自己的脚。他是不是该换一双鞋子？他的脚有点痛。啊，算了，没关系。

波洛毅然戴上帽子，出门去了。

在下山的途中，他遇见了斯彭斯警监的一个手下正从金链花庄园出来。

"早上好，波洛先生。"

波洛客气地回礼。他注意到弗莱彻中士看起来很激动。

"警监派我过来做一个彻底的搜查，"他解释说，"你知道的，也许我们会漏了什么细微的信息。谁知道呢，是不是？我们当然已经搜过桌子，但是警监觉得也许有一个秘密抽屉可能会藏着东西。嗯，没找到秘密抽屉。不过在那之后，我又查了那些书。有时人们会把信夹在他们正在看的书里。你知道吧？"

波洛说他知道。"你找到什么了吗？"他礼貌地问。

"没有找到信或类似的东西，没有。不过我发现了一些有趣的事，至少我认为是有趣的。看这里。"

他打开报纸，拿出一本古老破旧的书。

"在一个书架上找到的。老书，出版很多年了。但看看这里。"他把书打开，展示扉页。上面有一行铅笔写的字：伊夫林·霍普。

"有趣吧，你觉得呢？这个名字，你恐怕不记得了——"

"伊娃·凯恩离开英国的时候取了这个名字。我记得。"波洛说。

"看来麦金蒂太太在布罗德欣尼发现的照片中人是我们的厄普沃德太太。这使得案情更复杂了，不是吗？"

"是的，"波洛感慨地说，"我可以向你保证，你把这个消息带给斯彭斯警监的时候，他要把自己的头发连根拔掉。是的，连根拔掉。"

"我希望不至于这么糟糕。"弗莱彻中士说。

波洛没有回答。他继续向山下走去。他已不想再思考了。全都说不通。

他走进邮局。莫德·威廉姆斯那里看着针织的花样。波洛没和她说话。他走到卖邮票的柜台。当莫德买好东西，斯威特曼太太向他走过来，他买了一些邮票。莫德走出了商店。

斯威特曼太太显得心事重重，没怎么说话，波洛才能够迅速跟着莫德出来。他没走几步就赶上了她，和她并肩走着。

斯威特曼太太从邮局的窗户朝外看，不以为然地嘟哝道：

"这些外国人!每个都是一样。他老得都可以当她的祖父了!"

2

"呃,"波洛说,"你有什么事情要告诉我?"

"我不知道这重不重要。有人想要从窗户爬进韦瑟比太太的房间。"

"什么时候?"

"今天早上。她出去了,女儿也带着狗出去了。老冻鱼——韦瑟比先生像往常一样把自己关在书房里。我本来应该在厨房里,它像书房一样面朝另一侧,这看起来是个好机会。你懂我的意思吧?"

波洛点点头。

"所以我就偷偷地溜上楼,到老酸婆的卧室去。有架梯子靠在窗口,一个男人正在摸索着窗户把手。自从谋杀发生后,她把所有窗户都锁死了。一点新鲜空气也进不来。那个男人看见我就连忙溜下去逃走了。梯子是园丁平时用来修剪常春藤用的,那会儿他吃早茶去了。"

"那个人是谁?你能描述一下他的样子吗?"

"我只是匆匆瞥了一眼。等我到窗口的时候,他已经溜下梯子跑走了。而且我第一次看见他的时候,他是逆光的,所以我无法看到他的脸。"

"你确定是男人吗?"

莫德想了想。

"打扮成男人的样子,戴着一顶旧毡帽。当然,也有可能是一个女人……"

"很有意思，"波洛说，"非常有意思……没有别的了？"

"没了。那个老太婆不知保存了多少垃圾！一定是疯了！她今天早上回家时我没有听见，就骂我窥探她的东西。下次我要杀了她。如果有人存心寻死，那个女人就是。真是个讨厌的女人。"

波洛轻声喃喃道：

"伊夫林·霍普……"

"你说什么？"她转过身来问他。

"这么说你知道这个名字？"

"怎么啦？是的……这是伊娃什么的去澳大利亚时取的名字。它，它在报纸上登过，《星期日彗星报》。"

"《星期日彗星报》说了很多事，但它并没有提到这个。警察在厄普沃德太太的房子里发现一本书，上面写着这个名字。"

莫德喊道：

"那就是她咯。她没有死在那里……迈克尔是对的——"

"迈克尔？"

莫德突然说：

"我不能久留。我会来不及做午饭的。我把东西做好放在烤箱里，会烤焦的。"

她快步跑走。波洛站在那里看着她的背影。

斯威特曼太太站在邮局窗口，鼻子粘在窗格中，好奇那个外国老头是不是挑逗成癖……

3

波洛回到长草地，脱下鞋子，换上一双软拖鞋。这双鞋子不好看，在他看来也不得体，但却是一种解脱。

他重新坐到那把安乐椅上,再次开始思考。现在有很多东西值得思考。

有些事他漏掉了——小事情——

图案都在那里了,只需要拼在一起。

莫林拿着玻璃杯,用做梦般的声音问了一个问题……奥利弗太太描述他在瑞普剧院的那个晚上。塞西尔?迈克尔?他几乎可以肯定,她提到过迈克尔——伊娃·凯恩,克雷格家的保姆。

伊夫林·霍普……

当然!伊夫林·霍普!

第二十三章

1

伊芙·卡朋特随意地走进萨摩海斯家,跟大家一样,哪个门窗方便就从哪里进。

她是来找赫尔克里·波洛的,找到他时,她也不兜圈子,立刻说明来意。

"听着,"她说,"你是个侦探,听说你很厉害。好吧,我要雇用你。"

"要是我不愿意呢。哎呀,我可不是出租车!"

"你是个私家侦探,私家侦探是收费的,是不是?"

"这是惯例。"

"嗯,这就是我的意思。我会付钱给你。我会出高价雇你。"

"为了什么?你想要我做什么。"

伊芙·卡朋特尖声说:

"帮我对付警察。他们疯了。他们好像认为是我杀了厄普沃德那个女人。他们到处查探,问我各种各样的问题,什么都问。我不喜欢这样。快把我逼疯了。"

波洛看着她。她说的是实话。她看起来比他几个星期前第一次见到她的时候老了好几岁。黑眼圈说明她天天失眠,嘴唇到下巴添了很多皱纹,她的手在点烟的时候抖得厉害。

"你必须阻止这一切,"她说,"你必须阻止。"

"夫人,我该怎么做?"

"不管用什么办法,帮我把他们赶走。真该死!如果盖伊还是个男人,他就应该阻止这一切。他不应该让他们这样纠缠我。"

"而他——什么都没做?"

她绷着脸说:

"我没有告诉他。他只是打着官腔说要尽量协助警方。他当然没问题。那天晚上他参加了一个可怕的政治聚会。"

"你呢?"

"我只是坐在家里。听听广播。"

"但是,如果你能证明——"

"我怎么能证明呢?我给了克罗夫特夫妇一大笔钱,叫他们说进进出出的时候看到我在家里,那该死的猪竟然拒绝。"

"你这么做非常不明智。"

"我不明白为什么。本来这样就可以解决问题了。"

"你可能反而让你的仆人相信,人是你杀的。"

"嗯,反正我给过克罗夫特钱。"

"为了什么?"

"没什么。"

"别忘了,你想要我的帮助。"

"哦!没什么重要的。但是是克罗夫特把她的口信带给我的。"

"厄普沃德太太?"

"是的。要我那天晚上去看她。"

"你说你不去?"

"我为什么要去?该死的,乏味的老太婆。我为什么要去?

还要握着她的手装亲切?我根本不想去。"

"这个电话是几点打来的?"

"那时我还没回家。我不知道确切什么时候,我想在五六点钟之间吧。克罗夫特接的电话。"

"你给他钱,让他不要提接传过这个口信。为什么?"

"别傻了。我可不想掺和到这件事里去。"

"然后,你又给他钱,让他给你提供不在场证明?你怎么不想想他和他妻子会怎么想?"

"谁在乎他们怎么想!"

"陪审团在乎。"波洛严肃地说。

她瞪着他。

"你不是认真的吧?"

"我是认真的。"

"他们会听仆人的,而不听我的?"

波洛看着她。

多么粗鲁,多么愚蠢!容易激怒本来可以帮助她的人。目光短浅、愚不可及。目光短浅——

又大又漂亮的蓝眼睛。

他平静地说:

"你为什么不戴眼镜,夫人?你需要戴眼镜。"

"什么?哦,我有时戴。我小时候戴眼镜。"

"你小时候还戴过牙套。"

她瞪大了眼睛。

"事实上我是戴过。为什么问这个?"

"丑小鸭变天鹅?"

"我那时可够丑的。"

"你母亲这样认为吗？"

她厉声说：

"我不记得我的母亲。我们究竟在说什么？你接不接这个工作？"

"很遗憾我不能。"

"为什么不能？"

"因为我这次是替詹姆斯·本特利工作。"。

"詹姆斯·本特利？哦，你是说那个把清洁女工杀了的弱智。他和厄普沃德有什么关系？"

"也许，什么关系都没有。"

"好吧！那么是钱的问题？你要多少？"

"你大错特错了，夫人。你总是想用钱解决一切。你有钱，你认为只有钱是重要的。"

"我并不是一直有钱。"伊芙·卡朋特说。

"是的，"波洛说，"我想是的。"他轻轻地点了点头。"这说明了很多问题。也解释了一些事情……"

2

伊芙·卡朋特从进来的门出去了，在阳光下，她走路有一点踉跄，波洛想起她以前也是这样。

波洛轻声地自言自语道：

"伊夫林·霍普……"

这么说厄普沃德太太给迪尔德丽·亨德森和伊芙·卡朋特都打了电话。也许她还打给了别人。也许——

"砰"的一声,莫林走了进来。

"现在是我的剪刀找不到了。对不起,午饭要晚点了。我有三把剪刀,可是一把也找不到。"

她冲到写字台那儿,重复了一遍波洛熟悉的翻箱倒柜的程序。这一次,目标很快就找到了。莫林欢呼一声离开了。

波洛几乎是不由自主地走过去,把东西一一放回抽屉。封蜡,信纸,针线篮,照片,照片……

他站在那里,盯着手里的照片。

走廊上传来脚步声。

尽管上了年纪,波洛的动作还是很快。他把照片扔到沙发上,在上面放了个坐垫,而自己坐到了坐垫上,就在这时莫林重新走了进来。

"我到底把装着菠菜的滤锅放哪儿了——"

"就在这儿,夫人。"

他指了指沙发上就放在他旁边的滤锅。

"原来我把它放这儿了。"她抓起滤锅,"今天什么事儿都拖后了……"她瞄了一眼正襟危坐的波洛。

"你坐在那里究竟是为什么?即使是垫了一个垫子,它还是房间里最不舒服的一张椅子。所有的弹簧都坏了。"

"我知道,夫人。不过我,我正在欣赏墙上的画。"

莫林抬头看了一眼墙上的油画,画里是一位拿着望远镜的海军军官。

"是的,那幅画不错,大概是房子里唯一的一件好东西。我们不清楚是不是庚斯博罗的作品。"她叹了口气,"但是约翰尼不愿意卖掉它。画里的人是他的曾曾祖父,也许是还要更早的祖先,他和他的船一起沉到了海底,或是做了别的什么可怕的壮举。约翰尼非常引以为豪。"

"没错,"波洛温和地说,"你的丈夫的确有值得自豪之处!"

3

波洛来到达伦德尔医生家时已是下午三点。

他午饭吃了炖兔肉、菠菜、硬土豆,还有味道比较奇怪的布丁——这次没有烧焦。相反,"水放太多了",莫林解释说。他还喝了半杯浑浊的咖啡。他觉得肠胃不舒服。

老管家斯科特太太开的门,他说求见伦德尔太太。

她在客厅里听收音机,用人通报波洛来时,她吓了一跳。

她给他的印象还是和他第一次见她的时候一样。小心翼翼地,对他十分戒备,害怕他,或是害怕他所代表的东西。

她看起来比以前更苍白,更忧郁了。他几乎可以肯定她瘦了很多。

"我想问你一个问题,夫人。"

"一个问题?哦?哦,是吗?"

"厄普沃德太太去世那天,有没有给你打过电话?"

她瞪着他。点了点头。

"什么时候打的?"

"斯科特太太接的电话。我想,大概六点钟。"

"电话里说了什么?要你晚上去那里吗?"

"是的。她说,奥利弗太太和罗宾要去吉尔切斯特,她会独自一人在家,因为晚上珍妮特休假。问我能不能过去给她做伴。"

"有没有说具体时间?"

"九点或九点以后。"

"那么你去了吗?"

"我打算去的,我真的打算去的。但我不知道是怎么回事,晚饭后很快就睡着了。我醒来的时候已经十点多了。我想那时太晚了就没去。"

"你没有告诉警察厄普沃德太太电话的事?"

她眼睛睁得大大的,流露出一种天真无邪的神情。

"我应该告诉警察吗?既然我没有去,我觉得这并不重要。再说,我感到很内疚。如果我去了,她说不定现在还活着。"她突然喘了口气,"哦,我希望不是那样。"

"不见得是那样。"波洛说。

他顿了顿,接着说:

"你在害怕什么,夫人?"

她大口地喘着气。

"害怕?我没有害怕。"

"但你是害怕。"

"胡说八道。什么?我有什么好害怕的?"

波洛停了一会儿才开口。

"我想你也许怕我……"

她没有回答。但她的眼睛睁得大大的。她慢慢地,倔强地,摇了摇头。

第二十四章

1

"再这样下去我要进疯人院了。"斯彭斯说。

"还不至于这么糟糕。"波洛安慰道。

"这是你说的。每发现一点新的小线索都使事情变得更复杂。现在你告诉我说厄普沃德太太给三个女人打了电话,让她们那天晚上去她家。为什么叫三个人?难道她不知道她们中哪个人是莉莉·甘波尔吗?或者根本就与莉莉·甘波尔的案子无关?就拿写着伊夫林·霍普名字的这本书来说吧。这是不是说明厄普沃德太太与伊娃·凯恩是同一人?"

"这与詹姆斯·本特利印象中麦金蒂太太对他说的话正好相符。"

"我以为他不确定。"

"他是不确定。詹姆斯·本特利对什么事都无法确定。他没有认真听麦金蒂太太说话。然而,如果詹姆斯·本特利有印象麦金蒂太太谈论的是厄普沃德太太的话,它很可能是真的。印象往往如此。"

"我们从澳大利亚得知的最新信息(顺便说一句,她去的是澳大利亚,不是美国),似乎那位有嫌疑的'霍普太太'二十年前就死在那里了。"

"我已经知道了。"波洛说。

"你总是什么都知道，不是吗，波洛？"

波洛没有理会他的嘲讽。他说：

"这一头，我们查到霍普太太已经在澳大利亚去世——那另一头查得如何？"

"在另一头，我们调查了厄普沃德太太，富有的北部工厂主的遗孀。他们住在利兹附近，有一个儿子。儿子出生后不久，丈夫去世了。儿子患有结核病，丈夫去世后，她大部分时间都住在国外。"

"她的这个经历是什么时候开始的？"

"伊娃·凯恩离开英国四年后。厄普沃德在国外遇见他的妻子，结婚后把她带回家。"

"所以厄普沃德太太事实上有可能是伊娃·凯恩。她娘家姓什么？"

"据我所知是哈格里夫斯。但是名字能说明什么？"

"真的说明不了什么。伊娃·凯恩，或伊夫林·霍普，也许在澳大利亚死了。但她也可能安排了一次方便的假死，然后作为哈格里夫斯复活，并嫁给了有钱人。"

"这都是很久以前的事了，"斯彭斯说，"但是，假设这是真的。假设她保存着自己以前的照片，并假设麦金蒂太太看到了它，那么我们只能认为她杀死了麦金蒂太太。"

"这是有可能的，不是吗？罗宾·厄普沃德那天晚上在做广播节目。记得伦德尔太太提过，那天晚上去过她家，但敲门没人应。据斯威特曼太太说，珍妮特·古鲁姆告诉她，厄普沃德太太并不像她表现出来的那样腿脚不便。"

"这一切都没问题，波洛，但事实是，她已经被害了，在认出了一张照片后。现在，你又想说这两起死亡没有关联。"

"不，不。我没这么说。它们绝对有关联。"

"我放弃了。"

"伊夫林·霍普。这是问题的关键。"

"伊芙·卡朋特？你是这么想的？不是莉莉·甘波尔，而是伊娃·凯恩的女儿！但她肯定不会杀了自己的母亲。"

"不，不。这不是弑母。"

"你真是个恼人的魔鬼，波洛。你接下来是不是要说伊娃·凯恩、莉莉·甘波尔、雅尼丝·科特兰、维拉·布莱克，所有四名嫌疑人现在都住在布罗德欣尼啊？"

"我们有不止四个嫌疑人。别忘了，伊娃·凯恩是克雷格家的保姆。"

"那有什么关系呢？"

"如果有保姆，那就一定有孩子，至少有一个孩子。克雷格的孩子怎么样了呢？"

"据我所知，是一个女孩和一个男孩。被亲戚收养了。"

"因此，还得多考虑两个人。这两个人可能出于我说过的第三个原因——复仇，而一直保存着一张照片。"

"我不相信。"斯彭斯说。

波洛叹了口气。

"不管怎么样，这点必须考虑到。我想我知道事情的真相，虽然还有一个事实令我困惑不解。"

"我很高兴还有事情让你困惑。"斯彭斯说。

"帮我确认一件事，我亲爱的斯彭斯。伊娃·凯恩在克雷格被执行死刑之前离开了英国，对吗？"

"没错。"

"而那个时候,她已经怀孕了?"

"没错。"

"天哪,我真傻,"波洛说,"整个事情太简单了,不是吗?"

说完这句话,差点发生第三起谋杀案,在吉尔切斯特的警察总部,斯彭斯警监差点要了波洛的命。

2

"我想打个私人电话,"赫尔克里·波洛说,"给阿里阿德涅·奥利弗太太。"

给奥利弗太太打私人电话颇费了一番周折。奥利弗太太在工作,不能受到打扰。但是波洛坚持不懈,终于听到了女作家的声音。

这声音听起来有些生气,还有点气喘吁吁。

"嗯,什么事?"奥利弗太太说,"你怎么偏偏挑这个时候给我打电话?我刚刚想到了一个绝妙的构思,在一个服装店发生的一宗谋杀案。你知道的,就是卖连体衣和滑稽的长袖内衣的那种老式的服装店。"

"我不知道,"波洛说,"不管怎么样,我对你说的话要重要得多。"

"这不可能,"奥利弗太太说,"我的意思是,对我来说不可能。如果我不把我的想法立刻记下来,灵感很快就跑了!"

赫尔克里·波洛没有理会这一创作的痛苦。他犀利急迫地问了几个问题,而奥利弗太太的回答则有些含糊。

"是的,是的,是一个小循环剧院,我不知道它的名字……

嗯，有个人叫塞西尔什么的，跟我聊天的是迈克尔。"

"太棒了。这就是我想知道的。"

"但是，为什么要问塞西尔和迈克尔？"

"继续去构思你的连体衣和长袖内衣吧，夫人。"

"我不明白你们为什么不逮捕伦德尔医生，"奥利弗太太说，"如果我是苏格兰场的负责人，我就逮捕他。"

"非常有可能。祝愿你的服装店谋杀案进展顺利。"

"整个思路现在都没了，"奥利弗太太说，"被你毁了。"

波洛连连道歉。

他放下听筒，对斯彭斯笑笑。

"我们现在走吧，或者我一个人去，去拜访一个教名叫迈克尔的年轻演员，他在卡伦奎的话剧团里演一些不太重要的角色。我只能祈祷他就是我们要找的迈克尔。"

"究竟为什么——"

波洛巧妙地避开了斯彭斯警监越来越强烈的愤怒。

"你知道吗，亲爱的朋友，什么是众所周知的秘密？"

"你在给我上法语课吗？"警监怒气冲冲地说。

"众所周知的秘密就是指每个人都知道的秘密。于这个原因，不知道这个秘密的人就永远不知道——因为如果每个人都以为你知道，就没有人会告诉你。"

"我不知道如何控制自己不要对你动手。"斯彭斯警监说。

第二十五章

侦讯结束了。裁决谋杀是由未知的一人或数人所为。

侦讯会后,波洛邀请参加侦讯会的人来到长草地旅馆。

经过一番辛苦整理,波洛终于让长草地的客厅显出了一点秩序。椅子摆成了整齐的半圆形,好不容易把莫林的狗赶了出去,波洛则以演讲者自居,站在房间另一头的中央,清了清喉咙,然后开始了他的演讲。

"女士们,先生们——"

他停了一下。他接下来的话令人意想不到,而且显得有些滑稽。

"麦金蒂太太死了。她是怎么死的?

跪在地上,像我一样。

麦金蒂太太死了。她怎么死的?
伸出她的手,像我一样。

麦金蒂太太死了。她怎么死的?

就像这样……

看到大家的表情，他接着说：

"不，我没有疯。我把这首小孩做游戏时念的童谣念给你们听，并不是说我又返老还童了。你们有些人小时候可能玩过这个游戏。厄普沃德太太就曾玩过。事实上，她念给我听过只是有一处不同。她是这么念的：'麦金蒂太太死了。她怎么死的？伸出她的脖子，像我一样。'这是她说的，而她也是这么做的。她伸出了她的脖子，所以她也像麦金蒂太太一样，死了……

"为了我们的目的，我们必须从头开始，从麦金蒂太太开始。她一直负责跪着给人家洗地板。麦金蒂太太被杀，詹姆斯·本特利被逮捕、审判、定罪。因为某些原因，负责此案的斯彭斯警监不相信本特利有罪，但证据确凿。我同意他的看法。我来到这里，回答这个问题。'麦金蒂太太怎么死的？又是为什么死的？'

"我不会给你们讲我冗长而复杂的调查过程。我只简单地说，是一瓶墨水给了我线索。麦金蒂太太去世前那个星期天，她看的《星期日彗星报》上登了四张照片。你们现在已经知道所有这些照片了，所以我只用说，麦金蒂夫人认出了其中一张照片，她曾在她工作的某户人家看到过。

"她把这件事对詹姆斯·本特利说过，虽然他当时并不觉得这事重要，事实上，他后来也不觉得重要。因此他几乎什么也没听进去。但是，他有这样的印象，麦金蒂太太是在厄普沃德太太家看到的照片，所以她当时提到一个女人'如果大家都知道了，看她还有没有那么骄傲'，她指的是厄普沃德太太。我们不能完全信赖他的说辞，但她确实使用了'骄傲'这样的词汇，毫无疑问厄普沃德太太是一个骄傲专横的女人。

"正如大家都知道的，你们中的有些人在场，其他人也都听说了。我在厄普沃德太太家展示了这四张照片。当时我在厄普沃德太太的脸上发现了一丝惊讶和认出了什么的表情。我追问她，她不得不承认她在某处看过其中一张照片，但她不记得是在哪里。我问她是哪张照片，她指着那个孩子莉莉·甘波尔的照片。但是，我告诉你们，这不是真的。出于某种个人原因，厄普沃德太太想守住这个秘密。她指了一张错的照片把我打发走。

"但是，有个人没有上当，那就是凶手。那个人知道厄普沃德太太认出的是哪张照片。说到这里，我就不绕弯子了，涉案的照片是伊娃·凯恩的那张。那个女人是著名的克雷格血案中的帮凶、受害人，或者可能是主谋。

"第二天晚上，厄普沃德太太被杀了。她被杀的原因和麦金蒂太太一样。麦金蒂太太伸出了她的手，厄普沃德太太伸出了她的脖子——结果是一样的。

"在厄普沃德太太遇害之前，三个女人接到了电话：卡朋特太太、伦德尔太太、亨德森小姐。三通电话的内容都是厄普沃德太太请她们那天晚上去看她。那天晚上她的仆人放假了，她的儿子和奥利弗太太一起去了卡伦奎。因此，这似乎表明她想分别和这三个女人私下谈谈。

"那么，为什么是三个女人？厄普沃德太太是不是知道她在哪里见过伊娃·凯恩的照片？还是她知道见过，但不记得在哪里？这三个女人有什么共同之处？除了她们的年龄，似乎没有别的共同点。她们都是三十岁左右。

"你们也许看过《星期日彗星报》的文章。里面描绘了多年后伊娃·凯恩的女儿长大后的一个感伤画面。被厄普沃德太太叫去见她的几个女人都和伊娃·凯恩的女儿差不多年纪。

"因此，看起来有一个生活在布罗德欣尼的年轻女人是著名的凶手克雷格和他的情妇伊娃·凯恩的女儿,而且看起来这个年轻女人会为了隐瞒这一事实而不惜一切代价。不惜代价,确实,她已经犯下两起命案了。因为当厄普沃德太太的尸体被发现时,桌子上有两个咖啡杯,客人的杯子上还隐约有口红的痕迹。

"现在让我们回头看看接到电话留言的三个女人。卡朋特太太接到消息,但说她那天晚上没有去金链花庄园。伦德尔太太打算去,但在她在椅子上睡着了。亨德森小姐去了金链花庄园,但是屋里没开灯,她叫门也没人应,所以就回去了。

"这是三个女人告诉我们的故事,但与证据相互矛盾。桌上有两个咖啡杯,还有杯上的口红印,而且还有目击证人,那个叫埃德娜的姑娘信誓旦旦地说她看到一个金发女人进到房子里去了。还有现场留下的香水味也是证据——但是三人里只有卡朋特太太一人使用的昂贵的外国香水。"

演讲暂停。伊芙·卡朋特大喊道:

"这是谎言。这是恶毒残酷的谎言。那不是我!我从来没有去过那里!我从来没有去过那附近。盖伊,你就不能想想办法对付这些谎言吗?"

盖伊·卡朋特气得脸色发白。

"我警告你,波洛先生,诽谤是犯法的,这些在场的人都是证人。"

"说你的妻子使用某种香水,就是诽谤?而且,我告诉你,还有某种口红?"

"这真是荒谬,"伊芙喊道,"荒谬至极!任何人都可以拿我的香水乱喷。"

没想到波洛笑容满面地看着她。

"没错,对极了!任何人都可以。这件事做得太过明显而不够巧妙。拙劣粗糙。太拙劣了，在我看来，是弄巧成拙，适得其反。它给了我一些灵感。是的，它给了我一些灵感。

"香水，杯子上的口红痕迹。但从杯子上擦掉口红是很容易的，我向你保证，任何一点痕迹都很容易擦掉。而且杯子本身就可以拿走洗干净。为什么不呢？房子里又没有别的人。但是，凶手却没有这样做。我问自己，为什么？答案似乎是为了故意突出女性色彩，强调这是一个女人犯下的谋杀案。我想起打给那三个女人的电话。她们都收到了口信。三个人都不是亲自与厄普沃德太太通话。因此，也许打电话的不是厄普沃德太太，而是一个急于想把女人，任何女人，拖下水的人。我再次问为什么？我只能得出一个答案：杀死厄普沃德太太的不是一个女人，而是一个男人。"

他环顾他的听众。他们都安静地坐着。只有两个人有反应。

伊芙·卡朋特叹了口气说："现在你说的话才有点道理！"

奥利弗太太猛地点头说："没错。"

"所以我就得出了这样的结论：一个男人杀害了厄普沃德太太，一个男人杀害了麦金蒂太太！什么样的男人？谋杀的原因还是一样的，都是因为一张照片。这张照片是谁的？这是第一个问题。还有，为什么要保存这张照片？

"嗯，这也许不难解释。假如说是为了情感因素而保存它。一旦除掉麦金蒂太太，照片就不必销毁了。但第二次谋杀案发生之后，就不同了。这一次的谋杀肯定与照片有关。留着这张照片现在是很危险的。所以你们也同意吧，照片当然应该销毁。"

他环顾一圈，大家都点头表示同意。

"但是，尽管如此，照片还是没有销毁！不，它没有被销毁！我知道，因为我发现了它。就在前几天，就在这所房子里。

在你们可以看见的靠墙立着的写字台的抽屉里。在我这儿。"

他拿出那张褪色的照片,上面是一个拿着玫瑰傻笑的女孩子。

"是的,"波洛说,"这是伊娃·凯恩。照片背面用铅笔写着四个字。要我告诉你们是什么字吗?'我的母亲'……"

他严肃而责备地看着莫林·萨摩海斯。她把头发从脸上拨开,大感不解地盯着他。

"我不明白。我从来没有——"

"是的,萨摩海斯太太,你不明白。第二次谋杀后还保留着这张照片,只有两个原因。第一是无辜的怀旧。你没有愧疚感,所以你会留着照片。有一天你在卡朋特家自己告诉我们,你是被人领养的孩子。我怀疑你可能都不知道你亲生母亲的名字。但有别的人知道。此人以家族为荣,为此他执着于自己的祖屋、他的祖先和他的血统。这个男人宁死也不愿让世人还有他的孩子们知道莫林·萨摩海斯是凶手克雷格和伊娃·凯恩的女儿。这个男人,我曾经说过,情愿为此事去死。但是,死是没有用的,不是吗?因此,我们不如这样说吧,我们这里有个人准备杀人。"

约翰尼·萨摩海斯从座位上站了起来。他说话的声音很平静,甚至很友好。

"你在胡说八道,是不是?信口开河地说了一大堆,还扬扬自得?都是胡说!竟然说我的妻子——"

他的愤怒突然爆发了,暴跳如雷。

"你这该死的坏蛋——"

他冲上来,房间里的人都措手不及。波洛灵活地后退避开,斯彭斯警监迅速挡在波洛和萨摩海斯之间。

"好了,好了,萨摩海斯少校,冷静,冷静。"

萨摩海斯恢复了镇定,他耸耸肩,说:

"抱歉。真可笑！毕竟，任何人都可以在抽屉里放照片。"

"正是，"波洛说，"更有趣的是，这张照片上没有指纹。"他停了一下，然后轻轻点了点头。

"但它应该有，"他说，"如果是萨摩海斯太太放的，她在毫不知情的情况下保留着这张照片，那么她的指纹本来应该在上面。"

莫林叫道：

"我觉得你疯了。我这辈子从来没有见过这张照片——除了在厄普沃德太太家那次。"

"幸运的是，"波洛说，"我知道你说的是实话。这张照片是在我发现它之前几分钟才放进那个抽屉的。那天早上，那个抽屉里的东西两次被你乱扔在地上，两次都是我收拾好放回去的。第一次抽屉里没有照片，第二次才有。是在两次间隔中被放在那里的。我知道是谁放的。"

他的声音里慢慢地增加了新的语气。他不再是一个留着怪异的胡须和染过的头发的可笑的小个子男人，他是一个正迅速接近猎物的猎人。

"这两起谋杀案是一个男人犯下的，为了最简单的理由——钱。在厄普沃德太太家里发现了一本书，在扉页上写着伊夫林·霍普。霍普是伊娃·凯恩离开英国的时候取的名字。如果她的真名是伊夫林，那么她有可能会把她出生的孩子取名为伊夫林。但是伊夫林是男女都能用的名字。为什么我们都认为伊娃·凯恩的孩子是个女孩呢？大概是因为《星期日彗星报》上这么说的！但实际上《星期日彗星报》并没有说得很详细，它只是根据早年对伊娃·凯恩的一次传奇性的采访而假设的。但伊娃·凯恩在她的孩子出生之前就离开了英国，所以没人知道孩子的真正性别。

"这就是我被误导的地方。报纸追求煽情效果而忽视精准。

"伊夫林·霍普,伊娃·凯恩的儿子,来到了英国。他天资过人,吸引了一位非常富有的女人的关注,那女人对他的出身一无所知,只有他选择告诉她的浪漫的故事。(一个动人的小故事:可怜的年轻芭蕾舞演员因为肺结核而死于巴黎!)

"她是个孤独的女人,刚刚失去了自己的儿子。这位才华横溢的年轻剧作家通过单务契约①改了名,让自己跟她姓。

"但是,你的真名是伊夫林·霍普,是不是,厄普沃德先生?"

罗宾·厄普沃德尖声叫道:

"当然不是!我不知道你在说什么。"

"你无法否认。有人认识改名前的你。书上写的名字是伊夫林·霍普,是你的笔迹,和这张照片背后'我的母亲'的笔迹一样。麦金蒂太太在收拾你的东西时,看到了照片和上面的字。她看过《星期日彗星报》后跟你说了。麦金蒂太太以为那是厄普沃德太太年轻时的照片,因为她不知道厄普沃德太太不是你的亲生母亲。但是你知道,一旦她提及此事,传到厄普沃德太太的耳朵里,那就一切都完了。厄普沃德太太极端相信遗传的影响。她绝不会容忍养子是著名凶手的儿子。她也不会原谅你撒谎骗她。

"因此,你不惜一切代价要让麦金蒂太太闭嘴。也许你答应送她一件小礼物,叫她不要乱说。第二天晚上,你去电台做广播的时候,半路去拜访了她,然后你杀了她!就像这样……"

波洛突然拿起书架上的敲糖斧,猛地抡了一圈劈下来,好像马上就要落到罗宾的头上。

---

①单务契约是英国一种单方或多方表达某种意愿的法律文书,通常用来变更名字。

这个动作如此来势汹汹，坐着的好几个人都尖叫起来。

罗宾·厄普沃德尖叫着。尖声惊叫。

他喊道："别……别……那是个意外。我发誓，那是一个意外。我不是故意要杀她。我失去了理智。我发誓。"

"你洗掉血迹，把敲糖斧放回这个房间。但现在有新的科学方法可以鉴定血迹，也能提取指纹。"

"我告诉你，我不是存心要杀她……这一切都是误会……反正不能怪我……我没有责任。这是我的天性作祟。我身不由己。你们不能因为不是我的过错而绞死我……"

斯彭斯嘀咕道："谁说我们不能？你看我们能不能！"

他严肃地用公事公办的声音说：

"我必须警告你，厄普沃德先生，你说的每句话……"

第二十六章

"我真的不明白,波洛先生,你是怎么怀疑上罗宾·厄普沃德的。"

波洛得意扬扬地看着转向他的每张脸。

他一向喜欢解释。

"我早就应该怀疑他的。萨摩海斯太太在鸡尾酒会那天说的一句话就是线索,一个非常简单的线索。她对罗宾·厄普沃德说:'我不喜欢被领养,你呢?'那两个字一下说出了真相。你呢?这两个字的意思是,它们只能意味着厄普沃德太太不是罗宾的亲生母亲。

"厄普沃德太太近乎病态地不想让别人知道罗宾不是她的亲生儿子。她可能听到太多关于有才华的年轻人靠老女人包养的下流非议。只有很少人知道此事,只有戏剧圈里的几个人知道。她是在那里第一次遇到罗宾。在国外待了那么久,她在这个国家也没几个亲密朋友,所以她选择了远离家乡约克郡,在这个地方定居。即使遇见了昔日的朋友,他们认为这个罗宾就是当年那个小男孩罗宾时,她也不会纠正他们。

"但是,从一开始就有什么东西让我觉得金链花庄园的家庭氛围不是很自然。罗宾对待厄普沃德太太的态度既不像个被宠坏的孩子,也不像个孝子,而是门客对待赞助人的态度。'妈咪'

的称呼就颇有戏剧性。而厄普沃德太太虽然很喜欢罗宾，但在不知不觉中把他当成了她花钱买的珍贵财产。

"因此，罗宾·厄普沃德过着舒适的生活，'妈咪'的钱袋支持着他的事业，然后，在他安稳的世界里出现了个麦金蒂太太，认出了他放在抽屉里的照片——背面写着'我的母亲'的照片。他的母亲，就是他告诉厄普沃德太太的，是一个死于肺结核的有才华的年轻芭蕾舞演员！麦金蒂太太认为照片上的是年轻时候的厄普沃德太太，因为她理所当然地以为厄普沃德太太是罗宾的亲生母亲。我不认为麦金蒂太太真的动过敲诈勒索的心思，但是她可能希望收到个'可观的小礼物'作为保守秘密的奖赏，因为如果闲话传出去，对于像厄普沃德太太这样'骄傲'的女人来说，可不是什么愉快的事情。

"但罗宾·厄普沃德不敢掉以轻心。他偷了敲糖斧锤。萨摩海斯太太曾开玩笑说这是一件杀人的完美武器。第二天晚上，在他去电台广播的途中，先去了麦金蒂太太家。她毫无戒心，请他进了客厅，结果他杀死了她。他知道她的钱藏在哪里——布罗德欣尼的每个人好像都知道。他假装成盗窃，把钱藏在屋外。本特利受到怀疑被捕。对聪明的罗宾·厄普沃德来说，算是安全无虞了。

"可是后来，突然之间，我拿出了四张照片，并且厄普沃德太太认出了伊娃·凯恩那张，因为和罗宾的芭蕾舞演员母亲的照片一模一样！她需要一点时间去想一想。牵涉到谋杀。罗宾会不会——不，她拒绝相信。

"她到底想采取什么行动，我们不得而知。但罗宾不敢掉以轻心。他安排好了整个场面调度。去小瑞普剧院看戏安排在珍妮特放假的夜晚，三个电话，从伊芙·卡朋特的包里偷来的口红被小心地抹到咖啡杯上,他甚至还买了一瓶她那种独特的香水。整件事就是一个精心布置好道具的戏剧场景。当奥利弗太太在车上等着时,罗宾跑回屋里两次。谋杀几秒钟就完成了。之后只需要迅速布置道具就行。厄普沃德太太死了,根据她的遗嘱,他继承了一大笔财产。而且既然看起来确定是女人犯的罪,也没有人怀疑他。那天晚上,三个女人去拜访过那所房子,肯定其中一人会被怀疑。事实也确实如此。

"但罗宾,像所有的罪犯一样,粗心大意且过于自信。不仅家里有一本书上写着他的原名,而且他还出于自己的目的,留着那张致命的照片。本来如果他销毁了照片,对他来讲会更安全,但他却还打算利用它在适当的时候嫁祸他人。

"他大概首选的是萨摩海斯太太。这可能是他搬出自己家,住到长草地旅馆的原因。毕竟,敲糖斧是她的,而且他知道萨摩海斯太太是被领养的孩子,要证明她不是伊娃·凯恩的女儿可能很难。

"然而,当迪尔德丽·亨德森承认自己曾经去过犯罪现场,他又想把照片放到她的物品中。他试图用园丁放在窗口边的梯子爬上去这样做。但韦瑟比太太在命案发生后紧张兮兮,坚持把所有的窗户都锁上,所以罗宾没有得逞。他径直回到这里,把照片放在抽屉里,不幸的是,我在片刻之前刚刚整理过那个抽屉。

"因此,我知道那张照片是有人故意放在那里的,我知道是谁——房子里唯一的人,这个人正在我头顶上辛勤打字。

"既然扉页上写有伊夫林·霍普名字的书在金链花庄园被发现,伊夫林·霍普必定不是厄普沃德太太就是罗宾·厄普沃德……

"伊夫林这个名字曾让我误入歧途,我曾把它和卡朋特太太联系到一起,因为她的名字叫伊芙。但是伊夫林是个男女通用的名字。

"我想起奥利弗太太告诉我她在卡伦奎的小瑞普剧院和别人的谈话。那个和她聊天的年轻演员正是我想证实我的推论的人——罗宾不是厄普沃德太太的亲生儿子。因为从他说话的方式来看，他似乎清楚底细。而且他还说了厄普沃德太太曾经抛弃了一个对她捏造身世的年轻人的事，这对我颇有启发。

"其实我应该早点就看出整件事情的真相。我被一个严重的错误阻挠了。我相信当时在火车站故意把我推倒的人就是杀害麦金蒂太太的凶手。而罗宾·厄普沃德可以说是布罗德欣尼唯一一个当时不可能在吉尔切斯特车站的人。"

约翰尼·萨摩海斯突然咯咯笑了起来。

"也许是提着篮子赶集的老太太吧。她们经常这样推人。"

波洛说：

"其实，罗宾·厄普沃德太过自负，根本不怕我。这是凶手的特征之一。也许幸亏如此。因为这个案子几乎没有什么证据。"

奥利弗太太扭了扭身子。

她难以置信地问："你的意思是说，罗宾杀害他母亲的时候，我就坐在外面的车上，而我竟然丝毫没有察觉？他没有足够的作案时间！"

"哦，是的，其实有时间。人们的时间概念往往错得离谱。你想想舞台上的场景转换有多么快。这个案子关键也只是道具的布置。"

"真是一出好戏。"奥利弗太太喃喃地说。

"是的，这是一场极为戏剧性的谋杀。一切都十分刻意。"

波洛喃喃地说："恐怕你那女人的直觉那天放假了……"

第二十七章

"我不打算回布瑞瑟与史考特事务所了,"莫德·威廉姆斯说,"反正也是个糟糕的公司。"

"他们已经完成了他们的使命。"

"你是什么意思,波洛先生?"

"你为什么要来到这个地方?"

"我想作为万事通先生,你应该知道。"

"我有一个小小的想法。"

"这个了不起的想法是什么?"

波洛专注地盯着莫德的头发。

"我一直很谨慎,"他说,"大家认为埃德娜看到的进入厄普沃德太太家的金发女人是卡朋特太太,而她一直否认去过那里只是因为害怕。既然是罗宾·厄普沃德杀了厄普沃德太太,她是否在场已经和亨德森小姐是否在场一样不重要了。但不管怎么样,我还是不认为她去过那里。我认为,威廉姆斯小姐,埃德娜看到的女人是你。"

"为什么是我?"

她的声音很生硬。

波洛用另一个问题作为反驳。

"你为什么对布罗德欣尼这么感兴趣?你去那儿的时候,为什么向罗宾·厄普沃德索要签名,你并不是收集名人签名的那种人。你对厄普沃德一家有什么了解?你为什么要来这个地方?你怎么知道伊娃·凯恩死在澳大利亚,还有她离开英国的时候取的名字?"

"你可真能猜,是不是?好了,我没有什么好隐瞒的,真的。"

她打开手提包。从一个破旧的皮夹子里掏出一张经年磨损的小剪报。上面是波洛现在已经非常熟悉的面孔——伊娃·凯恩傻笑的脸。

在脸上写着一行字:她杀了我妈妈……

波洛把剪报还给她。

"是的,我也是这么想的。你的真名是克雷格?"

莫德点点头。

"我从小就被亲戚养大,他们都是非常正派的人。但是,我当时年纪不小了,记得发生的一切事。我常常想着这件事。想着她。她是个坏透了的家伙。孩子们最清楚!我的父亲只是——软弱。被她迷惑了。但他却承担了罪责。不知为什么,我一直坚信是她干的。哦,是的,我知道父亲是事后从犯——但那毕竟不一样,是不是?我一直想查出她后来怎么样了。我长大之后,雇了侦探去调查过。他们追踪她到澳大利亚,最后报告说她已经死了。她留下了一个儿子,名叫伊夫林·霍普。

"嗯,看起来这事就这样了结了。但后来我与一位年轻演员交了朋友。他提到有个从澳大利亚来的叫伊夫林·霍普的人,但现在改名叫罗宾·厄普沃德,在写剧本。我很感兴趣。有一天晚上,朋友把罗宾·厄普沃德指给我看——他和他的母亲。所以我以为伊娃·凯恩没有死。相反,她现在富得流油、对人颐指气使。

"于是,我到这边找了一份工作。我很好奇,不止好奇。好吧，我承认，我还想以某种方式找她复仇……当你提起詹姆斯·本特利的事，我马上得出结论，是厄普沃德太太杀死麦金蒂太太。伊娃·凯恩故技重演。我正好从迈克尔那里听说了罗宾·厄普沃德和奥利弗太太都要来卡伦奎的瑞普剧院看演出，我就决定去布罗德欣尼会一会那个女人。我想，我不太清楚我想做什么。我把一切都告诉你，我带了一把战时得到的小手枪。要吓唬她？还是别的？老实说，我不知道……

"就这样，我到了那里。房子里没有一点声响。门没上锁。我进去了，你知道我是怎么找到她的。坐在那里，已经死了，面孔肿胀发紫。我原先的所有设想显得那么愚蠢而夸张。事到临头，我知道自己永远无法真的杀死任何人。但我意识到如果要解释清楚我在那房子里做了些什么将会非常困难。那是个寒冷的夜晚，我戴着手套，所以我知道我没有留下任何指纹，而且我没想到会有人看到我。就是这样。"她顿了顿，突然又说，"你打算怎么办呢？"

"没什么，"波洛说，"我祝愿你一生好运，仅此而已。"

尾　声

波洛和斯彭斯警监在"维拉大妈"餐厅庆祝破案。

咖啡端上来后,斯彭斯往椅背上一靠,酒足饭饱地深深叹了口气。

"这里的食物真不赖,"他赞许地说,"也许有点法国风味,不过,如今到哪里可以吃得到这样美味的牛排和薯条呢?"

"你第一次来找我的时候,我就是在这里用的晚餐。"波洛怀念地说。

"啊,真是时光如流水。我把案子交给了你,波洛先生。你干得漂亮极了。"笑容在他那刻板的脸上绽放。"幸运的是那个年轻人没有意识到我们真正掌握的证据微乎其微。啊,一个聪明的律师就能把我们驳得体无完肤!但他完全失去了理智,自动投降了。竹筒倒豆子一般招了个清清楚楚。算我们运气好!"

"这不完全是运气,"波洛责备道,"我要了他,就像你钓大鱼一样!他以为我在认真对待对萨摩海斯太太不利的证据——结果不是这样,反而引到他身上,他就崩溃了。再说,他是个胆小鬼。我抡起敲糖斧,他以为我要打他。极度恐惧往往会让人口吐真言。"

"幸亏你没有被萨摩海斯少校伤到,"斯彭斯笑着说,"他的脾气来得快,动作又快。我当时只来得及挡在你们之间。他原谅你了吗?"

"哦,是的,我们是最坚定的朋友。而且我送了萨摩海斯太太一本烹饪书,还亲自教她如何做煎蛋。老天啊,我在那家遭的罪哟!"

他闭上了眼睛。

"整件事情非常复杂,"斯彭斯还在回味案情,对波洛的痛苦回忆不感兴趣,"真真验证了那句老话,人人都有东西要隐藏。以卡朋特太太为例,差点因为涉嫌谋杀被捕。如果说哪个女人行事鬼祟,那就是她,这是何必呢?"

"呃,为什么?"波洛好奇地问。

"只是有段不大光彩的过去罢了。她曾当过舞女,有一大堆男朋友!她来布罗德欣尼定居时并不是烈士遗孀,只是现在所谓'非正式的妻子'。嗯,当然啦,这对于像盖伊·卡朋特这样自命不凡的人来说是不能容忍的,所以她就对他编了一套截然不同的说辞。她吓坏了,担心我们会调查每个人的身世,她的事就暴露了。"

他抿了口咖啡,然后低声咯咯笑起来。

"再说说韦瑟比夫妇。阴森森的房子,充满仇恨和恶意。姑娘笨手笨脚,灰心丧气。这里面有什么内情?根本没有什么邪门的。只是因为钱!普普通通的英镑,先令,便士。"

"就这么简单!"

"那姑娘有钱,相当多的钱。都是她的姑姑留给她的。所以母亲一直紧紧抓着她,担心她想结婚。继父讨厌她。因为她有钱,家里的一切开销都是她支付的。我猜他本人做什么事情都没成功过,就是个骂骂咧咧的刻薄鬼。至于韦瑟比太太,她是个口蜜腹剑的人。"

"我同意你的看法。"波洛满意地点了点头,"幸运的是,那个姑娘有钱。这样安排她嫁给詹姆斯·本特利就更容易了。"

斯彭斯警监看起来很惊讶。

"嫁给詹姆斯·本特利?迪尔德丽·亨德森?谁说的?"

"我说的,"波洛说,"我正在忙活这事。现在我们的小问题解决了,我又有了太多的时间。我雇自己来促成这门亲事。到目前为止,两个当事人都还没有这样的想法。不过,他们彼此都有好感。要是由着他们顺其自然,什么事都不会发生,但他们可以指望赫尔克里·波洛。你看着吧!这件事情一定有进展。"

斯彭斯笑了。

"你不介意插手别人的事吗?"

"亲爱的朋友,还不是从你那儿学的。"波洛责备地说。

"啊,我无话可说。尽管如此,詹姆斯·本特利真是个死气沉沉的家伙。"

"他的确是个死气沉沉的家伙!此刻一定满心委屈,因为他不会被绞死了。"

"他应该跪下来感激你的救命之恩。"斯彭斯说。

"感激你才对。不过很显然他并不这么认为。"

"古怪至极。"

"虽然你这么说,至少还有两个女人对他产生了兴趣。造化真是出人意料。"

"我还以为你会把莫德·威廉姆斯撮合给他。"

"他可以自己作出选择,"波洛说,"他会……你们的话怎么说的来着?当裁判分苹果。但我认为他会选择迪尔德丽·亨德森。莫德·威廉姆斯太有活力了。跟她在一起,他更会退缩到他的壳里去。"

"真不明白她们俩怎么会看上他的!"

"大自然的造化的确是不可思议。"

"不管怎么样,你有事要忙了。首先要把他赶上架,然后把姑娘从她母亲的毒爪下解救出来!她会张牙舞爪和你打架的。"

"胜利属于大部队一方。"

"我想你的意思是胜利属于大胡子一方吧。"

斯彭斯哈哈大笑。波洛得意地摸摸他的胡子,提议来一杯白兰地。

"我不介意再喝一杯,波洛先生。"

波洛叫人拿酒。

"啊,"斯彭斯说,"还有一件事情我要告诉你。你还记得伦德尔吧?"

"当然。"

"嗯,我们在调查他的时候,发现了一些古怪。当他的第一任妻子在利兹去世的时候,他那时在利兹行医,警察收到了一些举报他的匿名信,说他毒死了妻子。当然,对这类事,人们都会这么说。她一直是由别的医生诊治,那个人信誉良好,他似乎认为她的死因没有问题,也没有别的可查的,除了他们夫妻互相是对方的保险受益人,人们通常也都这样做。就像我说的,没什么我们可查的,可是,我不知道,你有什么想法?"

波洛想起伦德尔太太担惊受怕的神情。她也提到了匿名信,还有她坚持说她不相信信上说的。他还记得,她一口咬定他调查麦金蒂太太之死只是一个借口。

他说:"我可以想象,收到匿名信的不只是警察。"

"她也收到了吗?"

"我想是这样。当我出现在布罗德欣尼时,她以为我是来调查她丈夫的，麦金蒂太太的事只是一个借口。是的，他也这么认为……这就说得通了！那天晚上试图把我推到火车底下的是伦德尔医生！"

"他会不会把这任妻子也干掉？"

"我想她会明智一些，不要让他当她的保险受益人。"波洛冷冷地说，"不过如果他认为我们已经盯上了他，他也许会谨慎一些。"

"我们会竭尽所能。我们会继续盯着我们的医生，而且让他知道我们正在这样做。"

波洛举起白兰地酒杯。

"敬奥利弗太太。"他说。

"怎么突然想起她？"

"女人的直觉。"波洛说。

他们又沉默了一会儿，然后斯彭斯缓缓地说：

"罗宾·厄普沃德下周就要受审。你知道，波洛，我不禁怀疑——"

波洛一脸惊恐地打断了他。

"我的上帝！你现在不是怀疑罗宾·厄普沃德是无罪的吧？不要说你想重头来一遍。"

斯彭斯警监会心地笑了。

"上帝啊，不是。他是一个杀人犯没错！"他又加了一句，"因为他足够狂妄自大！"

Mrs.McGinty's Dead
Copyright © 1952 Agatha Christie Limited. All rights reserved.
Letter for Chinese Reader, New Star Edition by Mathew Prichard © 2013 Mathew Prichard.
Translation © 2023 arranged by New Star Press, Agatha Christie Limited. All rights reserved.
www.agathachristie.com
The Poirot icon is a trademark, and AGATHA CHRISTIE, POIROT, *Agatha Christie*® and the AC Monogram Logo are registered trade marks of Agatha Christie Limited in the UK and elsewhere. All rights reserved.
Published by agreement with ACL.
Simplified Chinese edition copyright: 2023 New Star Press Co., Ltd.

图书在版编目（CIP）数据

清洁女工之死 /（英）阿加莎·克里斯蒂著；黄夏青译 . —— 北京：新星出版社，2023.6
（阿加莎·克里斯蒂侦探小说全集：精装典藏版）
ISBN 978-7-5133-4914-7

Ⅰ . ①清… Ⅱ . ①阿… ②黄… Ⅲ . ①侦探小说 – 英国 – 现代 Ⅳ . ① I561.45

中国国家版本馆 CIP 数据核字 (2023) 第 054585 号

午夜文库
谢刚 主持